U1002742

大鱼

有爱的青春陪伴者

月流光
—— 著
Works

贵州出版集团
贵州人民出版社

图书在版编目（C I P）数据

哎呀，有点喜欢你 / 月流光著. -- 贵阳：贵州人民出版社, 2019.6
ISBN 978-7-221-15259-6

Ⅰ. ①哎… Ⅱ. ①月… Ⅲ. ①长篇小说－中国－当代 Ⅳ. ①I247.5

中国版本图书馆CIP数据核字(2019)第082871号

哎呀，有点喜欢你

月流光 / 著

出版统筹：陈继光
选题策划：大鱼文化
责任编辑：唐 博
特约编辑：伍 利 琵 琶
装帧设计：颜小曼 西 楼
封面绘画：Feline 非蓝
出版发行：贵州人民出版社（贵阳市观山湖区会展东路SOHO办公区A座 邮编：550081）
印 刷：湖南凌宇纸品有限公司
开 本：880×1230毫米 1/32
字 数：179千字
印 张：9
版 次：2019年6月第1版
印 次：2019年6月第1次印刷
书 号：ISBN 978-7-221-15259-6
定 价：36.80元

贵州人民出版社微信

版权所有 盗版必究。举报电话：策划部0851-86828640
本书如有印装问题，请与印刷厂联系调换。联系电话：0731-82755298

目录

AIYA,YOUDIAN
XIHUANNI

目录

AIYA,YOUDIAN
XIHUANNI

DIYIZHANG

第一章

什么！男子篮球队

开学一周，纪然珂对新学校还是很不适应。

礼贤中学是本市最好的高中，师资好、生源好、环境好，最重要的是管理严格，不许吃零食、不许带手机、不许谈恋爱、不许……反正只要和学习无关的事情通通不被允许。

以至于只要是从这里毕业的学生，回忆起母校，总会开玩笑地将礼贤中学称为“礼贤监狱”。

纪然珂是拼尽全力才考上这里的，亲戚家的孩子则没有这么好的运气，依旧在另一所稍显逊色的学校就读。亲戚表面上说唯实中学也没什么不好，礼贤中学管得太严，迟早会把孩子逼疯，实际上自己羡慕得不行，为此没少收拾自己儿子——纪然珂那人高马大身高超过一米九的表哥。

宋妈为此高兴得不行，回家后对纪然珂又亲又抱，然后给了她一个大大的奖励——拉她去理发店把她一头乌黑靓丽的长发剪掉了。

“不要以为考上礼贤中学就高枕无忧了，高中阶段最是需要用功的时候，留长发又浪费精力又浪费营养，趁早剪了好。”剪头发的时候，宋妈在一旁不停地唠叨。

纪然珂不屑地撇嘴，却也无力反抗。

当理发师说了一声“好了”，纪然珂迷迷糊糊地从椅子上站起来，店里缓缓响起《丑八怪》的声音。

“丑八怪，其实见多就不怪……”

在嘲讽似的乐曲声中，纪然珂看着镜子里的自己，忍不住潸然泪下。

那时的纪然珂还不知道，这次剪发不只剪掉了她的颜值，还让她的人生轨迹发生了巨大偏转。

新的一周开始了，纪然珂照常到校上课。

从踏入校门开始，气氛一下子变了。

如果说校门外是明媚的春天，校门内便是凛冽的寒冬。

礼贤中学实行走班制，同学之间并不熟识，偌大的校园里甚至看不到两个结伴而行的学生。不仅如此，为了争取更多时间学习，每个人都会情不自禁加快脚步，或是边走边念念有词。

所以当纪然珂看到路边有两个男生在交头接耳时，她还是有些意外的。

当其中一男生飞奔过来从后面抱住她，大喊着“哈哈哈，我抓到一个，嚯，身高快有一米八”的时候，她更是彻底傻眼。

喂喂，光天化日，你一个男生这样抱着一个女生，合适吗？

“干什么，放开我！”纪然珂不住地挣扎，那个男生却把她抱得更紧。最可气的是，其他同学眼睁睁看着她被人非礼，竟然就这么

平淡无奇地走过去了。

真是世态炎凉！

“你们想干什么？”见另一个男生跳到自己面前，仔仔细细地看自己，纪然珂不自觉地皱眉，警惕地问道。

“同学，了解一下礼贤中学篮球队吧！”男生谄媚地说道。

“篮球队？我们学校有篮球队？”据她所知，礼贤中学拒绝一切与学习无关的事情，在其他学校流行的社团活动在这里也不见踪影。

不对，其实还是有一些社团的，比如数学竞赛社、物理竞赛社、好好学习社、学科第一俱乐部之类的。

篮球队？他们连体育课都没有，怎么会有篮球队？

“新成立的，正在招人，你一定要来哦。”

“我？篮球？”纪然珂立刻露出嫌弃的表情。如果评选出纪然珂最讨厌的两样东西，篮球不排第一也排第二，另一样非模特莫属。

因为从小到大，凡是见过她的人都会仰着脸对她说：“哎呀，你怎么长这么高？你是吃什么长大的？你是不是在打篮球？我一看就像！你以后是不是要当模特？”

久而久之，纪然珂总是会在自我介绍时说：“不打篮球，不当模特，吃饭长大的没吃饲料。”

篮球？她躲还躲不及，现在却有人要她加入篮球队？

纪然珂想也没想，当即拒绝：“谢谢，不参加。”

“再考虑考虑。”男生可怜兮兮地说道。

“不不不。”纪然珂坚决摇头。

似乎已经预料到这个结果，男生长长地叹息一声。

他们从开校门起就守在这里，见到身高一米七五以上，不，一米七以上的就冲上去问对方要不要加入篮球队，结果无一例外：

“没时间。”

“不参加。”

“不考虑。”

看来那个人交给他们的任务没有办法完成了。

想到这里，男生再次叹气，他向抱着纪然珂的男生使了个眼色，接着向纪然珂道歉。

“很抱歉耽误了你的时间。”他深鞠一躬，抬起脸时，眼圈红红的，眼底藏着些许水雾。

纪然珂的心一下子变得柔软而不堪一击，可面对这样的大环境，她也无能为力，只能安慰两人：“你们还是把心放在学习上，等上大学了，说不定……”她没有把话说下去，因为她没上过大学，只从老师家长那里听说大学里非常自由，想干什么就干什么，想玩什么就玩什么。

可是即便如此又怎样，时过境迁，或许到了那个时候就不再喜欢篮球了。

两个男生再次向她鞠躬：“谢谢你，谢谢！”

她这才发现两个男生有着相似的脸孔，应该是一对双胞胎兄弟。

“不用不用。”纪然珂连连摆手。

送走双胞胎兄弟，纪然珂继续朝教学楼走去，刚才被那个男生

一抱，头发都弄乱了。她伸出手习惯性地抓向后脑，直到摸到一片毛茸茸的短发而不是长辫子时她才猛然醒悟，自己已经不是长发飘飘了！

与此同时，身后突然传来幸灾乐祸的大笑声——

“喂，同学，你的课本在我们手上哦！”

纪然珂急忙回头，见刚刚还可怜巴巴的双胞胎兄弟已经换了一副面孔，一个人叉着腰大笑，一个人疯狂挥舞手臂，那人手上拿着的正是自己的数学课本！

“嘿嘿！想拿回去吗，想拿回去就来体育馆参加篮球队选拔！晚上六点，不见不散！”

“耶！”

“快走快走。”

“喂——你们！”纪然珂赶忙去追。

两个男生跑得飞快，很快不见了踪影。

“该死！”纪然珂一边喘着气，一边低声咒骂。她竟然还在可怜他们，没想到他们明修栈道暗度陈仓，一个人在她面前演戏，一个人偷偷打开她的书包拿走她的课本！

怎么办，对于礼贤中学的学生来说，课本不仅代表着知识，还是天，是地，是命！丢了课本简直不配当学生！她总不能不要吧？

篮球队？如果只是参加一下选拔应该没什么吧？那就去试一下好了。

嗯，就这么决定了！

礼贤中学的课程十分紧张，别的学校课间休息十分钟，礼贤中学只休息五分钟，硬生生比别的学校多挤出一节课。

第九节课一结束，同学们默不作声迅速收拾书包。大家这么着急并不是为了玩耍，而是为了早点儿回家做作业，或是去校外的培训班补课。

众多学生中只有纪然珂例外，她收拾好书包，慢慢朝礼贤中学体育馆走去。

体育馆是礼贤中学的标志性建筑，拥有漂亮的外观和顶级的设备，可惜这座体育馆从未举办过任何体育活动，只是偶尔拿来充当月考考场。

纪然珂是第一次来这里，她从仅开着的小门进去，穿过狭长而阴暗的走廊，忐忑不安地往前走……

当纪然珂一步跨出球员通道时，她的眼前豁然开朗。

“哇……”纪然珂情不自禁发出一声赞叹。

这是她从没见过的风景。

亮如白昼的射灯，可升降的 LED 屏幕，光可鉴人的地板，密密麻麻的看台座椅……虽然现场一片冷清，可是球员的奔跑声、观众的喝彩声还是像潮水一般从脑海的四面八方涌来。

突然间，一个谄媚的声音插进来：“同学，你来了！”

纪然珂吓了一跳，刚刚退后一步，身后又响起一个声音：“同学，你好呀！”

纪然珂很快认出两人，他们正是早上拦下她，要她参加篮球队

选拔还抢走她数学课本的双胞胎兄弟。

她朝两人伸出手：“我的课本。”

其中一个男生笑嘻嘻地说道：“去那儿报到，让队长见过你就还给你。”

另一个男生说:“就是他，易维辰，刚刚转学过来，现在读高二。”

纪然珂顺着他们手指的方向一看，那是一个抱着篮球的男生，个子比她高出一截，此时正背对着她和另外几个男生说着什么。

那男生拥有黑色短发，穿着黑色球衣，虽然只能看到他的背影，却能感受到他无与伦比的气场，好像手中的篮球就是整个宇宙，飞起身来就能收获荣光。

纪然珂收回目光，深吸一口气，对两个男生说：“再见。”说罢拔腿就跑。

天哪，那个什么篮球队队长简直比礼贤中学最凶狠的老师还要凶狠十倍。别人只是来参加篮球队选拔，还不是正式的队员，他就能把对方骂得狗血淋头，什么力量不够、动作不对、不配打篮球……

她一定是疯了才会上去接受他的选拔。

数学课本她不要了，大不了再买一本。

拉她来的双胞胎兄弟见纪然珂跑了，边追边喊：“回来！你的课本不要了？只是过去报个到，选不上也没关系！”易维辰给他们下了命令，把学校里符合身高条件的人都拉过来，拉到一个给一百块钱。

他们兴高采烈地答应下来，想着轻轻松松赚上一大笔，谁知道努力半天就抓到几个“小虾米”，不然也不会想出偷课本这招。

现在纪然珂想走，他们怎么可能轻易放过她。纪然珂在他们眼里已经不是一个普通的同学，而是行走的大额钞票！

另一个男生情急之下使出撒手锏：“喂，你不过去是害怕被淘汰吧？胆小鬼！”

原本快要走出球场的纪然珂忽地停住脚步，她缓缓转过身子，一动不动地盯着双胞胎兄弟：“害怕被淘汰？我？”

男生毫不畏惧地迎接着纪然珂的目光，倨傲地说：“对啊，你要是害怕就直说，我们不会笑话你的，数学课本还你，算我们看走了眼，你走吧！”男生一边说着，一边将纪然珂的数学课本摆在她面前。

其实男生说这句话有赌的成分，拿着课本的手也在不住颤抖。不过纪然珂并没有注意到这些，此时此刻，她的脑子里只有一句话：你是害怕被淘汰的胆小鬼。

“呵……”纪然珂冷笑一下，一把将数学课本推开。

笑话，她什么时候被人这样看不起过？不就是过去参加选拔吗？有什么了不起？

纪然珂面无表情地把书包摘下来扔给那个男生，撸了撸袖子又紧了紧鞋带：“我现在就过去，看你们还能说什么！”她狠狠瞪了两人一眼，大步流星朝球场走去。

纪然珂离球场越近，易维辰的呵斥、篮球撞板的闷响，还有球鞋在地板上摩擦的声响就越发清晰，那些声音好像恶魔的狞笑，让人心惊胆战。

与此同时，纪然珂突然反应过来，那两个男生该不会是用激将

法刺激她吧？

她迅速回头，果然看到两人奸计得逞的笑脸。

该死，她怎么这么冲动？可是事已至此，她总不能就这么离开吧？算了，易维辰又不是老虎，有什么可怕的。

想到这里，纪然珂深吸一口气，慢慢朝易维辰走去。

“那个……我是来参加选拔的……”因为信心不足，她的声音越来越低，最后竟低到尘埃里，微不可闻。

见没有人注意到她，纪然珂不得不放大声音：“喂，你们不是要组建篮球队吗？我是来参加选拔的！”管他什么恶魔不恶魔，她现在只想快点儿结束这一切，然后马上离开！

话音一落，球场传来一阵抽气声，大家纷纷向她投来惊恐的目光。

从没有人敢这样和易维辰说话。

正准备示范投篮动作的易维辰缓缓回头，一动不动地瞧着她。

纪然珂想象过易维辰应该有的样子，看着他高大的身材，听着他粗暴的声音，想象中的易维辰或许鼻孔朝天，或许满脸横肉，或许举止粗鄙，可真正看到他的脸时，她很难把他和自己想象中的人重合起来。

易维辰没有鼻孔，不不不，他有鼻孔但绝不朝天，因为鼻梁高挺，从正面几乎看不到他的鼻孔，据说这是美人的标志。他的脸上也没有横肉，大概是长期运动的关系，他的皮肤极好。

易维辰要比纪然珂高一些，他微微低着头，对纪然珂说：“欢迎。”

他接着向众人招手，说：“来，大家一起。”

“啪啪啪……”

球场上空回荡着欢迎她的掌声。

受宠若惊。

这是纪然珂怎么都没有想到的。

“谢谢。”回过神的纪然珂微微朝易维辰俯身。

“你叫什么名字？”易维辰问。

“纪然珂。”

“身高。”

“一米七五。”

“体重。”

纪然珂下意识地看看周围的人，有些埋怨地看了易维辰一眼，他这个人怎么这样，竟然当众问女孩子体重。

见她咬着嘴唇不说话，易维辰反应过来：“不知道也没关系，这里有体重秤。”

“啊？”纪然珂不是不知道自己的体重，她只是不想当众说出来而已，“能……能不称吗？”

“不能。”易维辰头也没抬。

“好吧。”纪然珂咬咬牙，朝那个白色的体重秤走去。

她慢吞吞脱掉鞋，又慢吞吞站上去，她刚准备看一眼上面的数值，一个高亢的女声在这时响起：“59 公斤，59 公斤，59 公斤……”

纪然珂的脸一下子绿了，这个体重秤为什么这么奇怪，声音大就算了，还要说上这么多遍！

果然，听到她的体重后，球场里响起稀稀拉拉的嘲笑声：

“怎么这么瘦？”

“就是，也太单薄了吧。”

“这怎么能打篮球？”

窘迫到极点的纪然珂猛然抬起头，等一下，瘦？和同龄女生相比，她因为身高太高，每次报体重时都会惹来一阵不怀好意的议论，这些人竟然说她瘦？他们人也太好了吧！

喜不自胜的纪然珂朝众人微笑点头，一旁的易维辰向她吩咐道：“好了，你站过去。”

“是。”纪然珂答应一声，乖乖在队伍末尾站好。

她刚才偷偷打量过来参加选拔的同学，说来也怪，除了她之外竟然没有女生，更奇怪的是，这些人里面什么身材长相的都有，有几个人的个子还没她高，难怪双胞胎兄弟会“饥不择食”到把她拽来。

易维辰开始向大家介绍在礼贤中学组建篮球队的初衷。

本市每年都会举办高中篮球联赛，获胜队伍不仅可以获得奖金、奖牌，还可以得到与职业篮球队亲密接触的机会。本市几所高中为了联赛冠军争得你死我活，名声在外的礼贤中学却一届都没有参加过。他希望可以改变这种状况，组建一支篮球队，代表礼贤中学出战，拿下联赛冠军。

理想很丰满，现实很骨感。

据纪然珂所知，本市几所高中都在积极发展篮球特长，尤其是唯实中学，更是本市的传统篮球强校。学校从建校以来就是高中篮球联赛冠军的有力争夺者，学校为了发展篮球运动，建设了高标准体育馆，派出球探在全省范围内招收篮球特长生，聘请前国手作为篮球队教练。学校为了体现对篮球队的重视，特别赋予校篮球队队员至高无上的特权，他们可以不受校规约束想干什么就干什么。这些措施也确实取得了一定成效，唯实中学历史上出过不少国家队、职业队篮球运动员。

一个从零开始，不，是从负开始的礼贤中学拿什么和他们争？

别的篮球队至少有学校支持，礼贤中学？恕她直言，这个组织应该过不了多久就会被那个戴着眼镜的矮胖校长取缔了。

果然是转学生。

这个易维辰大概是从外太空转学过来的，对篮球联赛的历史和本校的状况一点儿都不了解，张口就是联赛冠军，怎么可能？

“大家一定会觉得这是一个不可能完成的任务。”

“对对对。”

包括纪然珂在内，所有人都在不自觉地点头，不过他们很快意识到不妥，相互看了一眼，不好意思地咳嗽、挠头、摸鼻子。

易维辰并没有半分不悦，他先是将篮球托平，接着用手腕的力量将篮球旋转起来，不知怎的，原本托着篮球的手掌逐渐变成一根手指，硕大的篮球竟然像指尖陀螺一样在易维辰的手指上快速旋转起来。

陀螺，哦不，是篮球越转越快，仿佛成为易维辰身体的一部分，稳稳地矗立在他的指尖上。

大家目瞪口呆。

易维辰像大家一样，将目光停留在那个不停旋转的篮球上，不疾不徐地说道：“正因为是不可能完成的任务，完成的时候才变得格外有意义。”

他在这时停住篮球，重新把篮球夹在身侧，郑重其事道：“而这一切的创造者就是你们！”

易维辰伸出手，慢慢指向参加选拔的队员们，当他的手指指向自己的时候，纪然珂的心蓦然一紧。

她？高中篮球联赛冠军？开玩笑吧！

不过他说得确实很有道理。初中的时候，她的数学成绩非常糟糕，一个现实的问题摆在面前，她是应该放弃数学转攻其他学科，还是奋起直追补足短板？那个时候，所有人都说，女孩子不擅长学数学，她有这样的成绩是非常正常的。

她不信邪，把心爱的英语放在一边，拿出厚厚的数学练习册开始刷题。那时的她真的非常辛苦，常常算着算着就会哭出来。还好功夫不负有心人，她的眼泪最终化作渐渐增长的成绩，顺利进入礼贤中学。每当她向别人说起中考成绩中数学是她的最高分时，所有人都对她刮目相看，现在想来，如果把数学换成别的学科，他们眼中的赞赏一定不会像现在这样浓烈。

不就是篮球吗？有什么了不起？她纪然珂一样可以！她就是要让别人知道，她不仅学习成绩好，体育运动也一样强！

“接着！”

纪然珂还沉浸在自己的幻想里，突然间，易维辰双手一抛，一个篮球迎面飞来。

“啊！”纪然珂低呼一声，跌跌撞撞地把篮球抱在怀里。

易维辰朝她抬了抬下巴：“下面开始选拔测试，随便来几个控球动作。”

“控球动作？什么是控球动作？”纪然珂不明所以。

“哈哈……”

“这个人是怎么回事，连什么是控球动作都不知道？”

“看着挺高，原来是个篮球小白。”

在一片窃窃私语中，唯独易维辰不为所动，他的脸上没什么表情，声音也淡淡的：“拍两下就好。”

原来是拍球，这个简单。

应该简单吧……

因为总被人说是不是在打篮球，从小到大，纪然珂一直有意回避篮球，她连篮球都没怎么摸过，更别说拍球。不过她倒是见别人拍过，不管从什么角度什么距离，篮球都会飞出去再飞回来，好像被一条无形的绳子黏在手上一样，看上去非常简单。

想到这里，纪然珂缓缓松开手，失去支撑的篮球掉在地上，触地后迅速弹回来。

“开始了！”纪然珂在心底呐喊一声，伸出右手，精准无比地拍在篮球上。

“啪啪啪……”

随着稀稀落落的拍球声响起，所有人都扭头闭眼，不忍再看。

纪然珂也感到不对劲。篮球并没有像她想象中的那样黏在手上，恰恰相反，它好像有自己的想法，总是朝着它的目标进发，最要命的是它回弹的力度越来越小，还没拍上两次，她几乎要弯腰趴在地上，才能继续拍球。

可能是力量不够大？

纪然珂将所有力量积蓄在手上，对着篮球奋力一击。

“哈！啊！”

篮球不负期待，狠狠砸在她的脚上，又远远地滚了出去。

纪然珂尴尬地收回手，在一片寂静中低语：“失误，失误……”

“还真是篮球小白。”

“也太蠢了吧！”

“我五岁时都比‘他’拍得好。”

在一片讥讽声中，纪然珂落寞地低下头。原来拍球并没有她想的那么简单，不过她已经找到了一些窍门，如果再给她一次……

“可以了，你走吧。”易维辰用清冷的语调说道。

纪然珂猛然抬起头：“就……就这样？我……”

直到易维辰说出“下一个”的时候，纪然珂才意识到自己已经被淘汰了。

干净利落地被淘汰了。

什么高中篮球联赛，什么联赛冠军，什么无与伦比的成就感，都和她没有关系了。有那么一瞬，纪然珂甚至感到胸腔偏左的位置有一阵奇异的痛感，几乎让她落下泪来。

“不好意思,让一下。”下一名接受测试的队员带着篮球冲了过来，差点儿撞到一直站在原地的纪然珂。

纪然珂连忙闪到一边，看着他风驰电掣带着篮球上篮。

“好！”易维辰带头鼓掌，其他人也纷纷喝彩。

她并不属于这里。

纪然珂低头转身，慢慢朝球员通道走去，直到看见等在那里的双胞胎兄弟，她才猛然想起。不对呀，她根本不喜欢打篮球，也没想参加篮球队，她会来这里完全是因为被人用数学课本威胁，现在可以离开了，她怎么反而感到失落，丝毫没有如释重负的开心？

这真是太奇怪了。

双胞胎兄弟中的一个对纪然珂说：“刚才那些话都是乱说的，我们果然没有看错你，你不是胆小鬼。”男生把数学课本还给她的同时忍不住笑出声，“哈哈，不过你真的不适合打篮球。”

“对对对。”另一个男生也表示赞同。

“呵……”纪然珂白了他们一眼，没有说话。

她最后回头看了一眼恢宏大气的球场，汗水、热血、掌声、聚光灯都将永远封存在她的憧憬和记忆中。

走了！

“然然？”突如其来的声音吓了纪然珂一跳。

“咦？”怎么会有人叫她的小名？礼贤中学实行走班制，班级不固定，同学不固定，开学一周了，同学之间都不知道对方的名字，

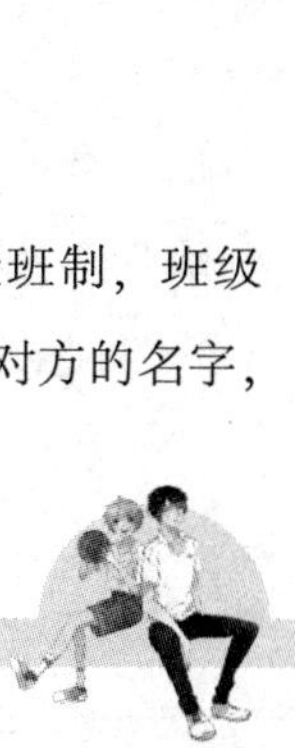

更别说小名。

她朝前一看，黑暗中，一个高大挺拔的身影缓步而来。从身材上看有些眼熟，因为拥有这样身高的人并不多，可模样、穿着又是那样陌生。

纪然珂终于看清男生的模样。

男生比她还高点儿，有着弯弯的眼睛、秀气的鼻梁和眉毛，脸颊上有个不容忽视的酒窝，正在冲着她笑。

正是这个笑容唤醒了她的记忆。

“洛景予，是你？”纪然珂几乎不敢相信自己的眼睛。

洛景予是她的邻居，也是她从小到大的同学，他们一起读完小学和初中，还一起考入礼贤中学。其实她能进入礼贤中学，有很大一部分原因都是因为他，不过很遗憾，他们同班的缘分并没有延续到高中。

洛景予是超级学霸，进入礼贤中学后被竞赛班选中专注参加数学竞赛。

其实，自从中考结束后，她就再没见过他了，而且他现在的样子非常奇怪。

印象中的洛景予总是戴着厚厚的无框眼镜，穿着精致妥帖的格子衬衫，手里时不时拿着一支笔。现在的他把眼镜摘掉了，身上笔挺的衬衫不见了，取而代之的是松松垮垮的篮球服，怎么看都无法和那个众人眼中的超级学霸联系起来。

“你怎么来了？”

两个人异口同声，接着不约而同地笑起来。

纪然珂说："你不是应该在大学吗？"洛景予在进入竞赛班后因为成绩优异被选入集训队，平常不在礼贤中学上课，而是在本市的一所大学接受数学教授的训练。

一向乐天派的洛景予在这时轻叹一声，他一边轻巧地抛着手里的篮球，一边向纪然珂抱怨："别提了，那里实在太闷了，每天就是做题考试，大家拼命学习，放学了也没人离开，我都快郁闷死了。刚刚听说有人在礼贤中学组建篮球队，难得能碰到一起打篮球的人，我赶快过来玩一玩。对了，你为什么在这里？"

"我……"纪然珂不好意思地挠挠头，犹豫着要不要把自己参加篮球队选拔的事情告诉他。如果他知道自己被淘汰了，会不会笑话自己？

不等她开口，站在一旁的双胞胎争先恐后道："'他'是来参加篮球队选拔的。"

"只拍了两下球就被淘汰了。"

"你是没看到刚才那个情景，真是笑死人了。"

"哈哈哈……"

两个男生你一言我一语，绘声绘色地描绘着当时的状况。

纪然珂白了他们一眼，恨不得马上封上他们的嘴。

"喂！"纪然珂一脸黑线，不悦地说，"多嘴！"

她一边说一边偷偷观察洛景予的反应。

出乎意料，洛景予并没有笑话她，他只是微微蹙起眉头，用诧异的目光瞧着她：“你一个女生为什么会来参加篮球队选拔，这不是男子篮球队吗？”

“什么？男子篮球队？”

“什么？你是女生！”

双胞胎兄弟、纪然珂、洛景予面面相觑。

双胞胎兄弟这才发现身材超过一米七五，留着短发的纪然珂是女生。那个从后面抱过她的男生更是不可思议地看着自己的双手，五官皱在一起说不出的难堪。

怎么会这样？双胞胎兄弟在震惊之余又感到些许庆幸，还好易维辰也没有看出来，不然他们不仅会被他大骂一顿，说好的劳务费大概也拿不到了。他们互看一眼，在心里打定主意，不如就这样将错就错，以后要是被别人问起来，他们也要装作什么都不知道。

纪然珂快要被气死了，她这才意识到自己竟然被别人当作男生！难怪双胞胎兄弟会肆无忌惮地抱她，难怪路过的同学看到这一幕也无动于衷。当然，这还不是最可气的，最可气的是那个什么篮球队队长易维辰，他居然没有当面指出这个问题，还继续让她参加选拔？拜托，这个眼神就不要打篮球了好吗？

“哈哈哈……”洛景予这才发现自己随口一句话起到了怎样的作用，他笑了一阵，好心安慰纪然珂，“别生气了，现在淘汰也好，要是你真的入选了，打得比我们男生还好，你要我们的脸往哪儿放？”

一旁的双胞胎兄弟毫不客气地笑出声：

“她？怎么可能？一个女孩子而已。”

“就是，连选拔都过不了还想比男生打得好？”

“喂！”纪然珂板着脸大喝一声，转过身和两个男生好好理论了一番。她滔滔不绝地说着什么不要看不起女生，什么这世界上没有不可能的事，什么她只是不喜欢篮球而已……

渐渐地，她发现一些不对劲，两个男生的表情从不屑到不解，再到瞪大眼睛张开嘴露出无比惊恐的模样。旁边的洛景予也在同一时间变了脸色，冲着她大喊一声“小心”，他的声音急得甚至变了调。

纪然珂的身体也感到一些不同寻常，体育馆好像忽然暗了下来，只有一盏灯打在她的身上。四周的空气在快速涌动，脑后的疾风格外迫切，吹在她毛茸茸的头发上，凉凉的，带着狠辣的力道。

有东西飞过来了！

几乎出于本能，纪然珂低头弯腰，右手向后稳稳抓住那个要人命的东西。她的身子顺势一拧，手上的东西绕身体一周，出现在她的面前。

那是一个篮球，旧旧的、脏脏的，似乎还有一些破皮的地方。

怎么会有篮球飞过来？

在她身后不远处，一个穿着球衣的男生迅速向她跑来，他的脸上满是汗水，应该是正在接受易维辰的选拔。

也不知道是不是被吓到了，他呆呆地注视着纪然珂，过了半晌才回过神，连连向她鞠躬：“对不起，对不起，刚才一时失手，差点儿打到你，你你……你没事吧？”

“没事。”纪然珂说完，把篮球扔了回去。

她没玩过篮球，扔球时技巧全无，明明朝着男生扔的，距离却差了一大截，男生不得不踉跄几步，勉强把篮球抱在怀里。

把篮球还给男生后，纪然珂嫌弃地撇嘴，一个劲地拍手。

脏死了。

篮球整天在地上滚，也不知道沾过什么东西。

“你……”男生拿到篮球后并没有离开，而是对着她欲言又止。

与此同时，站在球场中心的人们也在朝这边看，易维辰面沉似水，眼睛里闪烁着她看不懂的东西。她的身后，双胞胎兄弟也在小声议论：

“快掐我，我一定是出现了幻觉。”

“我也是，太不可思议了。”

“哇！”察觉到众人奇异的反应，纪然珂忍不住多看了面前的男生两眼，想不到他相貌平平，篮球技术竟然这么厉害！可惜她自始至终背对着他，什么都没有看到。

看到又怎样，这里的一切已经和她没有关系了。

想到这里，纪然珂对洛景予露出一个笑脸：“你快去玩儿吧，我回去了。”

“哦，好。”

她走出几步，听到洛景予叫她的小名：“然然！”他把篮球举起来，漂亮的眼睛又弯成两道弧线，“有时间一起玩儿。”

“好。”纪然珂笑着答应。

其实她非常清楚，洛景予只是在和她客气，她根本见不到他，又对篮球一窍不通，怎么和他一起玩儿？唉，也不知道什么时候才能和他再次见面。

体育馆外，天已经黑了下来，学校里空空荡荡，像她的心一样了无生趣。

纪然珂仰头看着天上最亮的那颗星星，默默地想，天亮之后，篮球和她，再无交集。

DIERZHANG

第二章

坚持！高强度体能训练

“起床了！上学要迟到了！”

早上六点半，宋妈的大嗓门准时响起。

纪然珂掀开被子，习惯性地伸手想要理顺头发，摸到脖子时才想起自己的长发已经没有了。

“讨厌！”她皱眉骂了一句，翻身下床，迷迷糊糊走向卫生间。

灯光亮起的刹那，纪然珂避无可避，猛然看到镜子里的自己。小眼、肿脸，一副没睡醒的样子，最要命的是头上竖着杂草一样的头发，要多难看有多难看，难怪会被认成男生。

“啊！”她不由得咧嘴，想哭却哭不出来。

她手忙脚乱地想把头发压好，头发却如此倔强，就是不听她的使唤。

“说什么剪了短发不用梳头可以节省时间，明明更麻烦！骗人！骗人！”

餐厅里，宋妈已经把早饭准备好。七点整，纪然珂去上学，宋妈要去菜市场买菜，这是多年不变的规矩。

吃完早饭，纪然珂背上书包冲出家门。

礼贤中学规矩极严，别的学校七点半上课，礼贤中学偏要提前十五分钟，似乎要以此彰显自己的与众不同。

学校不允许学生迟到，晚到的学生一律在校门口罚站，直到全校师生离开才能走。可能会有人说干脆不来好了，不过根据校规规定，旷课是可以直接开除的。

除此之外，校长还会在校门口抽查书包，如果检查到书包里有和学习无关的东西，依旧是开除处理。

纪然珂战战兢兢走进学校，又战战兢兢走进教室，在属于自己的座位号前坐下。同学们已经到了，教室里鸦雀无声，大家都在争先恐后地学习。

礼贤中学实行走班制，每门课按照成绩排名进入不同的班级，例如英语成绩年级排名前五十的人进入英语一班，排名五十一到一百的人进入英语二班，以此类推。所以下课铃一响，纪然珂就要赶快收拾书包换一间教室，身边的同学也跟着换了一批。

为了方便管理，每个桌子上放着一个号码，这个号码就是这名学生在这门课的排名。

也许是因为人太多了，也许是因为学习太忙实在无法分心，老师、同学从不会刻意去记每个人的名字，只会在需要时称呼相应的号码。

“32 号，说一下选 B 的原因。”

“68 号，你挡到我了，头低一点儿。”

“73 号，你的作业本。”

……

32、68、73……这是纪然珂每门课的排名。

排名！排名！排名！

这所学校就是要通过各种方式告诉你——你不是第一名；你还有努力的空间；你比之前退步了；有人超过你了；你排名这么靠后有什么资格休息……

纪然珂快要被逼疯了。

她上课不敢走神，下课不敢放松，每天刻苦努力，生怕下次考试排名退步。好不容易熬到周五，各科老师又布置了一堆作业，也不知道什么时候能写完。

放学后，纪然珂没有回家，而是来到离家不远的“宋妈火锅店”。看名字也知道，这家店是宋妈开的。招牌上有宋妈的肖像，乐呵呵的样子像极了弥勒佛。

店里装修极为普通，临街一面甚至没有玻璃墙，就这么敞开着，但是火锅的味道一点儿不普通，路人才走到街口就能闻到浓浓的红油味，让人垂涎欲滴。宋妈坚持采用最新鲜的食材，配上独家秘制火锅底料，几年下来吸引了不少忠实顾客，哪怕没到饭点，店里也坐了不少客人。

“我回来了！”纪然珂放下书包，拿起围裙，准备招呼客人。

不多一会儿，店里走进一个人。

“几位？”纪然珂习惯性地问，抬眼间竟有眼前一亮的感觉。

店里光线不足，店外的阳光为来人勾勒出一圈金色的光晕。来

人比她还要高出一头，好像一伸手就能摘下天上的星星。纪然珂大致认出那是一个与她年纪相仿的少年，等他走近一些时，纪然珂立刻认出了他。

是易维辰！他怎么会来这里？

易维辰环视一周，将目光落在纪然珂身上，说："好久不见。"

纪然珂不由得一窘，没想到他会记得自己。

想起自己被当成男生拉进篮球队，又被无情淘汰的事情，纪然珂没好气地说："问你呢，几位？"

易维辰并没有生气，依旧不咸不淡地说："一位，哦不，是两位，但是不知道我的队友会不会来。"

队友？是篮球队的队友吗？

"哦。"纪然珂闷闷地应了一声，指着旁边一桌说，"坐吧。"

"要什么锅底？"

"有什么锅底？"

看来是第一次来，纪然珂一一介绍："有超辣、特辣、非常辣和变态辣。"

易维辰微微蹙眉："有不辣的吗？"

"没有。"宋妈火锅店以"辣"闻名，他不吃辣干吗来宋妈火锅店？

"微辣行吗？"微辣是宋妈火锅店的底线。

易维辰似乎有些为难，不过还是在片刻后吐出一个字："行。"

"想吃什么就在后面写数量，点好了叫我。"

"好。"

纪然珂留下菜单，转身给其他客人加汤去了，加到第三桌的时候，纪然珂突然感到脑后一阵疾风袭来，她本能地低头弯腰，空出来的那只手向后一伸，稳稳抓住那个不明飞行物。

“谁啊，乱扔东西。”她一手拎着茶壶，一手拿着那个差点打到她的纸团，转回身不悦地质问。

“是我。”不远处的易维辰举手，“我点好了。”

他这个人怎么这样，点好了不能开口喊她，非要拿东西扔她？易维辰到底是火锅店的客人，纪然珂不好当场发作，只能过去给他下单，可是她左找右找，并没有在桌子上找到菜单。

易维辰朝她抬了抬下巴，示意她看看手里的纸团。

纪然珂把手里的纸团打开一看，正是宋妈火锅店的菜单。

纪然珂彻底无语。

正常人点好菜都会叫她过来，他偏偏要把菜单揉成团扔给她，这是什么奇葩的行为？

说实话，纪然珂在火锅店帮忙这么久，奇葩的客人遇见不少，像易维辰这么奇葩的还是第一次遇到。

她强压着怒火，向易维辰核对菜单上的东西。

“豆皮一份、土豆一份、魔芋一份……”纪然珂才念了几个就念不下去了，因为易维辰把菜单上有的东西都写了一个“1”，哦不，糖蒜要了 10 份，怎么可以有人点菜点得这么儿戏？

菜单徐徐落下，露出纪然珂的小半张脸，她无奈叹气，反问易维辰：“你吃得了吗？”

“吃不了。”易维辰老实摇头。

纪然珂问：“那你还点这么多？”

易维辰说：“我不知道我队友喜欢吃什么，所以每样来一份。”

“真是……”纪然珂继续叹气，“先说好了，点了不能退。”

“可以。”

纪然珂表面上嫌弃易维辰，心里却有另外的想法，没想到他这个人看上去冷冰冰的，做事还挺细心的，她甚至有些羡慕他的队友，能被他这样惦念着，一定是很好的关系吧。

很快，易维辰的菜上齐了，桌子上放不下就堆在手推车上，一辆手推车不够就用两辆，最后足足堆了四辆手推车，环绕在易维辰身边，仿佛众星拱月一般，来来往往的客人都忍不住看上两眼，议论两句。

纪然珂表面上不断下单、上菜、收拾桌子，其实她也在暗暗观察易维辰。她虽然不怎么喜欢他，但不得不承认，哪怕他只是一个人安安静静地坐在那里，也能轻而易举地吸引众人的眼球。

在喧闹热烈充满市井气的火锅店里，易维辰自始至终坐得笔直，偶尔拿起玻璃杯啜一口柠檬水，动作优雅得好像在吃高级法餐。

最让纪然珂佩服的是，这么长时间过去了，易维辰没动过一下筷子，没往锅里下过一块肉，就这么任由红油的香气往鼻子里钻。

太厉害了！

能这样眼睁睁看着火锅和一桌子食材就是不下嘴的，他还是第一个。

连着送走两桌客人，纪然珂假装不经意般往易维辰身边靠：“你队友还没来？”

“‘他’在打工，不知道什么时候下班。”

“这样啊。”纪然珂若有所思地点头。

正在这时，有客人朝她招手：“服务员，再加一份毛肚！”

“好！”就在纪然珂准备离开时，一旁的易维辰突然开口，声音却不似往日那般沉稳，而是带着一些小心翼翼，“所以……你什么时候下班？”

“下班？我？”纪然珂突然明白过来，原来易维辰所说的队友正是自己！她不是被淘汰了吗，怎么会成为他的队友？

“你什么意思？”

易维辰站起身，向她伸出手：“我现在正式向你发出邀请，纪然珂，你可以加入礼贤中学篮球队做我的队友吗？”

“我……”易维辰说这话的时候十分严肃，情不自禁让人联想到代表正义的超级英雄突然出现在你面前，邀请你一起去拯救地球。她几乎是被蛊惑地，义无反顾地伸出手，但是……

等一下！

纪然珂突然反应过来，易维辰所说的篮球队是男子篮球队，他竟然还没认出自己是女生！

纪然珂怒不可遏，斩钉截铁道：“不可能。”

“为什么？”易维辰不依不饶。

纪然珂忍不住翻白眼。

“服务员，毛肚！”那边的客人催促道。

“来了！”纪然珂朝易维辰一甩手，“反正就是不……啊……”

她甩起的手臂恰好被易维辰抓住，他使了十足的力气，痛得纪然珂哇哇大叫。易维辰一边抓着她的胳膊，一边从手推车上找出一份毛肚，大步流星走到要毛肚的客人身旁，面无表情道：“我的送你。”

“谁稀罕……”那人本想理论两句，抬头看见易维辰冰冷淡漠的面容，再不敢多说了。同桌的人也劝他不要惹事，反正毛肚是白送的，不吃白不吃。

纪然珂趁机甩开他：“你弄疼我了。”

她仔细检查自己的手腕，上面红红的一圈，仿佛戴了手镯。

易维辰说：“其实那天我有去追你，不过你走得太快，没有追上，后来的几天我一直在观察你。”

“啊！”纪然珂低呼一声，身子不由自主地前倾，她刚刚被松开的手腕又被易维辰攥了回去。

他不住地在她面前晃着那只手，声音又快又急：“你看看你的手，你这简直就是一只为篮球而生的手。”

“胡扯！”篮球！篮球！又是篮球！她这是弹钢琴、解方程、写作文的手，才不是什么为篮球而生的手。

易维辰放开她，黑曜石般的眼睛里难得流露出一丝落寞：“我们学校的情况你也知道，来的人本就不多，合适的更少，我、洛景予、古岩鸣……勉强能凑成一个篮球队。”

“你说什么？洛景予也在篮球队？”纪然珂的眼睛骤然一亮。她以为洛景予只是去体育馆找人一起玩篮球，没想到他加入了篮球队。如果她也加入篮球队，不就又可以像以前一样时常见到他，和他一起玩儿？

“你知道他？”易维辰挑起嘴角，“也是，他是超级学霸，没有人不知道他。我也很意外，我以为学霸都是书呆子，没想到他打得很好。”

“我同意了。”

“什么？”易维辰一时没反应过来。

纪然珂大摇大摆地在餐桌旁坐下，把桌子上的食材依次下进锅里，仰起脸对易维辰说：“我说我同意加入篮球队。”

“真的？”易维辰在纪然珂对面坐下，在不断升腾的热气中露出惊喜的笑容。

“当然！”

在等开锅的时候，纪然珂趁机向他介绍自家火锅的特色菜：“鸭肠是我们店的招牌菜，从选料到清洗都由老板娘亲自把关，选料只选厚薄均匀、晶莹剔透的部分，太厚的一律扔掉。清洗不仅要用水冲，还要用盐、醋、老姜各洗一遍，保证鸭肠没有异味。别人家用碱水泡鸭肠，我们家用木瓜酶，口感更好，更爽脆。鸭肠下锅也有讲究，概括来说就是‘七上八下’，当鸭肠涮到微微卷起就可以吃了。”说罢，纪然珂将烫好的鸭肠夹到易维辰的碗里请他品尝。

易维辰看着泡在油碟里的鸭肠，有些为难地弯了弯嘴角，说：“我不吃辣。”

“啊？”这个世界上怎么会有人不吃辣。纪然珂夹起鸭肠放进嘴里，爽脆的鸭肠裹挟着红油在唇齿间爆发，好吃到根本不想说话，“那你少了很多乐趣。”

嘴角的弧度渐渐加深，易维辰看着火锅里上下翻滚的红油，淡淡道：“篮球就是我的乐趣。”

彼时的纪然珂还不能理解这种乐趣，觉得易维辰夸大其词，所谓的拼搏、热血、梦想和成就感，都是她不曾接触的。在她的世界里，所有的乐趣都来自火锅，没有什么烦恼是一顿火锅打发不走的，一顿不行就再来一顿。

她在这边狼吞虎咽地吃着，易维辰那边只是生吃了几片生菜、胡萝卜，除此以外就是小口喝着柠檬水。一顿饭吃完，食材剩了大半，纪然珂仔细帮易维辰打包了让他带回去，还问他要不要带一份火锅底料：“送你！”

易维辰摇头：“不用了，我不吃辣，家人也很少在家吃饭。”

一瞬的默然后，易维辰又向纪然珂嘱咐：“周一早上篮球队训练，我会给你打电话叫你起床。”

“洛景予会去吗？”纪然珂说完又掩饰似的挠挠头，“还有那个什么古……古……古……”她不记得那个人叫什么，只记得姓“古”，情急之下一连说了三个“古”，听上去好像快要下蛋的老母鸡。

“是古岩鸣。”易维辰纠正道，“篮球队成员都会到，我也会向大家介绍你。”

“哦。”

周日晚上，带着对篮球队的忐忑与憧憬，纪然珂做了一个梦。

梦境中，她再次见到洛景予，还和他一起愉快地在赛场上奔跑。她从对手手里抢下篮球，却因为地板太滑摔在地上。洛景予迅速跑来，往日和煦的面容写满了担心，纪然珂却不以为然，大叫道："别管我，去得分！"

面对马上要追上来的对手，洛景予无奈点头。他一个轻巧的转身带着篮球上篮暴扣，全场掌声雷动，大家齐齐呼喊着洛景予的名字。此时洛景予并没有安然接受众人的欢呼，而是迅速跑回来查看纪然珂的情况。

可是等那人蹲下身子将她抱在怀里时，纪然珂惊奇地发现，眼前的人并不是洛景予，那是一张冷峻而模糊的脸孔，陌生中又透着熟悉。

他是谁？

纪然珂还没来得及仔细将那人看清楚，电话铃响了，梦境化为乌有。她摸出手机，迷迷糊糊地应了一声："喂？"

手机里传来一个漠然的声音："起床了，六点整，体育馆见。"

"你谁啊？"纪然珂没好气地问。

"易维辰。"

冰冷的三个字缓缓传来，纪然珂一下子清醒了。

挂掉电话，纪然珂看了一眼表，时间刚过五点半，比平常还要早一小时。昨天写作业写到很晚，躺在床上又因为担心老师抽查背

课文而辗转反侧，现在竟然要她这么早起床！

纪然珂真想不管不顾倒头就睡，可是……

“啪啪啪！”纪然珂拍了拍自己的脸，简单洗漱后冲出家门。

纪然珂一出家门便看到对面的门打开了，洛景予正从房间里走出来。

他依旧是一身运动装，短袖连帽衫配同色短裤，没有戴眼镜，刘海垂在额前，清爽自然。

洛景予看到她，微微一笑：“去篮球队？”

“你怎么知道？”纪然珂惊奇道。

“我当然知道，走吧。”一路上，洛景予把那天她走后的事情一一向她道来。他说她走后，易维辰立刻追了出去，但没有追上，回来后易维辰一直向双胞胎兄弟打听她的情况。从那时起，他就猜到，易维辰一定会想方设法把她拉进篮球队。

“说吧。”洛景予笑得眉眼弯弯，“他是怎么让你同意加入篮球队的。”

“他找到了火锅店，还请我吃火锅。”

“一顿火锅就把你收买了？”

纪然珂不好意思地笑笑，没有说话。

洛景予继续说：“不过说来也怪，他竟然还没有发现你是女生？”

“对啊！”提起这件事就来气，纪然珂禁不住长吁短叹，“我一个女孩子，去男子篮球队打篮球，能行吗？”

洛景予笑道："我怎么记得某人说过不要看不起女孩子，这世界上没有不可能的事……"

洛景予说的某人不是别人，正是纪然珂，这些话是她对双胞胎兄弟说的，可那只是情急之下为了挽回面子随便说的，怎么能当真。

"没关系，就当是去玩一玩，不用太有负担。"洛景予含笑注视着她，此时的他好像一件精美的艺术品，仿佛能让人闻到阳光的味道。

"好。"纪然珂笑着回答。

当他们出现在体育馆时，瞬间引发了不小的轰动。易维辰向大家介绍："这位是纪然珂，篮球队新成员。"

纪然珂向前一步，向大家鞠躬："大家好，我是纪然珂，请多多关照。"

"就是'他'，好像在脑后长了一只眼睛的人。"

"你来得晚不知道，当时有一个篮球飞了过去，我们都觉得一定会砸到'他'的脑袋，没想到'他'竟然在不回头的情况下准确抓住了篮球。"

"不可能吧，看'他'的样子这么瘦弱，好像一碰就会倒。"

"篮球是打得不怎么样，运球都不会，哈哈哈……"

此起彼伏的议论声让纪然珂很是难堪，偏偏有人觉得这样还不够，故意上前一步，上上下下打量着纪然珂，眼神中充满嫌弃。这人正是高一年级的古岩鸣。

古岩鸣问："队长，你要让'他'加入篮球队？"

"有什么问题吗？"易维辰问。

"'他'根本不会打篮球。"是，"他"是在不回头的情况下准确抓到了脑后的篮球，可说不定只是巧合而已。再说了，这和打篮球有关系吗？让一个对篮球一窍不通的人加入篮球队，这不是拖全队后腿？当然，现阶段的篮球队是招不够人，那也不能饥不择食到什么人都要，让别人知道了还以为礼贤中学篮球队根本没有门槛，他也跟着丢人不是？

面对古岩鸣的质疑，易维辰面不改色："不会可以学。"

他缓缓转向纪然珂，问："你愿意学吗？"

"我……"纪然珂抬起头，正对上易维辰探寻的双眸，球馆明晃晃的灯光映射在他的眼睛里，好像星星一样，她像是受到了某种蛊惑，立即点头，"我愿意！"

"那就好。"易维辰点头，又对古岩鸣说，"你的基本功一般，技巧也不算好，可我还是留下了你，因为我觉得你很有潜力。"

古岩鸣暴跳如雷："我基本功差？技巧差？再差也比'他'强吧？"

易维辰不为所动："谁强谁弱，一会儿就知道了。"他向大家招手，声音高亢嘹亮，"准备热身。"

随着易维辰一声令下，奇异的一幕发生了。男生们迅速脱下上衣露出结实的身体，吓得纪然珂赶忙转头。

"啊……"

她这一转头，刚好看到正在脱衣服的洛景予。

纪然珂再也移不开眼睛了，印象中洛景予斯文柔弱，没想到他的身上这么有料，看来加入篮球队真是一个正确的选择。

见纪然珂呆呆地站在原地没有动作，易维辰反问："你怎么不换篮球服？"

"我……我不知道要换篮球服，也没有带。"

易维辰并没有责怪她："今天先这样吧，下次记得带上。"

"哦。"

大家换好衣服后站成一排开始热身。

在纪然珂来之前，篮球队已经训练过几次，大家按部就班做出各种动作。纪然珂是第一次来，对什么都不熟悉，根本不知道动作怎么做，下一个动作又是什么。她看看这边，看看那边，不是慢一拍就是做反了，样子笨拙而滑稽。

"笨蛋。"古岩鸣不客气地骂道。

洛景予含笑道："没关系的，只要活动开就好，不拘泥于什么动作，你这样也很可爱。"

易维辰则指了指她，说："看我。"

"哦。"纪然珂答应一声，按照易维辰的示范热身。

一套动作下来，纪然珂大汗淋漓气喘如牛。休息的间歇，她开口问道："我们什么时候打篮球？"

这话本来是纪然珂问洛景予的，不知道怎么被古岩鸣听到了，他冷笑一声，不可一世地反问："打篮球，你？"

纪然珂暗暗瞪他一眼，没有说话。

谁知道就在这时，易维辰大手一挥，说："下面去运动场跑五千米。"

“去运动场跑五千米？”纪然珂第一个喊出声。这不是篮球队吗？怎么变成田径队了？

“体能是作为一名合格的篮球运动员最基本的素质，有数据统计，一个篮球运动员一场比赛下来至少要跑五千米，除此之外还要跳跃、对抗，所以跑五千米已经是最低要求了。”易维辰说完，将目光落在纪然珂身上，好像是在提醒什么。

纪然珂沉默片刻，冷汗都下来了。

易维辰继续说：“你刚来，可能还不适应，这次不计时，只要跑下来就好，其他人计时，争取比上一次的自己速度更快、耐力更强。”

“好！”众人答应一声，准备去运动场。

洛景予趁机俯身对纪然珂鼓励道：“加油！”

“加……”纪然珂只说了一个字便说不下去了。

其实她的体育成绩还算不错，不过初三时为了备战中考，体育课全部改为自习，上高中后更是连体育课都没有了。她已经记不清上一次尽力奔跑是什么时候，哦对，是在昨天的梦里，现在一下子要她跑五千米，她能跑下来吗？

当她跑完第一个一千米的时候，纪然珂在想，对女生来说最多也只是跑八百米，还有很多人跑不下来，这也就是她，跑完一千还能继续下去，换个人早就不行了。

纪然珂边跑边喘，其他队员都在前面，她想过努力追上他们，可是刚一加速就觉得浑身疼，呼吸也变得异常困难，只得迅速慢下来。

渐渐地，她听到后面传来一阵脚步声，很快，一道身影轻巧地超过了她，正是一直领先的易维辰。

望着易维辰渐行渐远的背影，纪然珂震惊到无以复加。他的体能怎么这么好，足足超过她一圈，看上去还不怎么累，呼吸也很平稳。

这是人吗？简直是仓鼠！

纪然珂还在盯着易维辰的背影，一个熟悉的声音翩然而至：“你还好吧？”

纪然珂回头，发现是刚刚追上来的洛景予。他的刘海垂在额前，随着不断跑动上下飞舞，有水晶似的汗珠从额角落下，好像初春的第一场雨。

纪然珂咬了咬牙，说：“挺……挺好的。”她因为气息不稳，三个字说得断断续续，听上去一点儿也不好。

洛景予温润一笑，故意放慢脚步跟上她的步伐：“不行的话别逞强，身体要紧。”

“我……我能行。”纪然珂倔强地说道。

“你呀。”洛景予笑了笑，语调中透着宠溺。

二十分钟后，队员们陆续跑到终点，只有纪然珂还在赛道上奋战。

其他人在终点压腿、拉伸，古岩鸣却盯着纪然珂不放：“慢死了，跑个五千米要这么久，害得大家还要等。”

纪然珂也觉得自己太慢了，她很想快点儿回去，可是她的双腿就是不听使唤。事实上，现在的她根本不受大脑控制，整个人仿佛机器人一样，凭着惯性做着重复的动作。

要死了，要死了……纪然珂一想到终点还那么远，就绝望得想哭。

在纪然珂看来，她能坚持到现在已然是个奇迹，她甚至想过放弃，马上停下来，或者就这么离开，再也不来这个该死的篮球队，可是就这么放弃，会不会太没面子？

“加油！”洛景予在终点大喊。

“啊！”纪然珂大吼一声，做最后冲刺。

跑过终点的纪然珂恨不得放声大哭，她做到了！她跑完了人生第一个五千米！她的身体再也支撑不住，整个人弯成一只虾米，大口大口喘着气。

洛景予赶忙上去，又是递水，又是拍背，希望她能好受一些。其他人也围上来，嘘寒问暖。

古岩鸣看不下去了：“才跑五千米就要死要活的，我们人数本来就不多，把‘他’换上去，能撑上十分钟吗？”

“古岩鸣！”易维辰喊他的名字，似乎是在提醒什么。

古岩鸣不悦地挑眉：“我说错了吗？”

“我好了！”听到古岩鸣的话，纪然珂瞬间直起腰。她向易维辰挥了挥手里的瓶子，尽力屏住呼吸装出没事的样子。

古岩鸣撇嘴：“逞强。”

“你！”纪然珂气不过，猛然向前一步，接着下意识低呼一声，“啊……”她穿了一双半新的帆布鞋，因为尺码小本就有些顶脚，现在跑了五千米，鞋子前部全被顶开了。她刚刚迈出一步，鞋里的脚丫就像青蛙的舌头一样，倏地伸出来戳在地上。

她抬起那只脚想看看鞋子坏到什么程度，全部重量都压在另一只脚上，而另一只鞋偏偏也在这时开了。

“啊……”纪然珂又是一声低呼。

“哈哈……”看到这一幕，古岩鸣率先发出巨大的笑声。

其他人一时没忍住，也跟着笑起来。

“你不知道要穿运动鞋吗？”古岩鸣挑眉，指着她脚上的帆布鞋，“这双鞋质量这么差，一定是仿冒的吧？这样的鞋白给我都不会穿。”

“古岩鸣。”易维辰沉声道，不管别人的鞋是不是仿冒的，这样当面说都是十分不礼貌的行为。

古岩鸣不解其意，继续说道：“我有说错吗？帆布鞋不能减震，跑起来对膝盖冲击很大，这点儿运动常识都没有还来打篮球？工欲善其事必先利其器，现在要你上场得分，你的鞋坏了，说得过去吗？打篮球不行，拖后腿倒是一级棒，后腿精！”

“你！”纪然珂怒不可遏，真想冲上去立刻堵上他的嘴，“再怎么烂的鞋也是我一个盘了一个盘子洗出来的，你呢？你的鞋是你自己挣的吗？米虫精！”

“你怎么知道不是我自己挣的！”古岩鸣被激怒了，撸胳膊挽袖子要冲过来。

易维辰赶忙拉住他，纪然珂则被洛景予护在身后。

两人伸出手够不着对方，只能扯着嗓子叫嚣，这个骂那个是“后腿精”，那个骂这个是“米虫精”，最后还是易维辰大喝一声：“都别吵了！”

易维辰看看古岩鸣，又看看纪然珂，沉声道：“你们两个，蛙跳

五十个。”

“蛙跳？”

“五十个？”

两人哀号一声，快要哭出来，洛景予也在一旁劝：“这不太好吧，会不会太严了，他们也是无心的……”

“一百个。”易维辰面无表情地说道。

“还是五十个吧。”古岩鸣和纪然珂异口同声，两人说完，又狠狠瞪了对方一眼，“都怪你！”

纪然珂的鞋子本就开了口，蛙跳结束后开得更厉害了。她穿着两只鞋好像踩着两只鸭子，嘴巴一张一合，就差发出“嘎嘎”的声音。

事实上，“嘎嘎”的声音一直不绝于耳。

训练结束后，大家回教室上课，一路上有不少人对纪然珂指指点点，进了教室后，更是引发了大家的议论：

“快看快看，太搞笑了吧……”

“这个 32 号家里是有多穷，竟然穿这样的鞋上学。”

“难怪排在我前面，不好好学习是没有出路的。”

……

纪然珂从来不知道班里的同学这么亲密，往常进教室连招呼都顾不上打，现在竟然三三两两聚在一堆对着她指指点点，连老师来了都没有停。

礼贤中学规矩极严，在这里当老师只要专心上课就好，从不用为维持课堂纪律发愁，然而这一次，女老师已经走上讲台，同学们还在叽叽喳喳说个没完。

“怎么回事？”女老师不悦地问。

有好事的同学指给她看：“老师老师，快看。”

女老师弯下腰，顺着同学手指的方向看去。

被同学围观已经很让人难堪了，现在连老师也要看。纪然珂情不自禁低下头，脸红得好像能滴出血。她下意识缩回脚趾，双脚也竭尽所能往后收，好像这样就不会被人看到似的。

老师看了一眼便明白了，她拍了拍桌子，向台下的学生说：“好了！有什么好看的！校长的话忘了吗？禁止一切与学习无关的事情，管好自己，好好学习。把书翻到第四十八页。”

“哗啦啦”的翻书声响起，针一样的目光暂时消失了，然而对于纪然珂来说，这一切只是刚刚开始。

DISANZHANG

第三章

送你！最新款篮球鞋

纪然珂从没有像今天这样痛恨礼贤中学的走班制度，她好不容易让一个班的同学对她露脚趾的鞋失去兴趣，下课铃一响，她就要穿着这双鞋穿过走廊，上几层楼梯，到一个新的班级，再被新班级的同学像看动物园的猴子一样品头论足。

以至于上第三节课的时候，她才走进教室，就对班里的同学说：“我家穷，买不起好鞋，这双鞋早上跑五千米跑破了，要看赶紧看。”

这一招果然好用，大家虽然很好奇，又很想笑，可是这样大剌剌地探头过去看，实在是显得自己没见过世面又很没素质，大家只得收回目光，装出漠不关心的样子，只有几个人小声议论着，看也是偷偷摸摸的。

纪然珂终于松了口气，她刚想走回写有自己排名的座位，突然间，有人在身后喊她的名字。

那人的声音极其甜美，好像深夜时段情感节目的主播：“请问，哪位是纪然珂同学？”

纪然珂回头，看到一男一女站在班级门口，男的穿着浅灰色西装，

衬衫雪白无瑕，女的穿着同色包臀连衣裙，黑色的头发在脑后绾起，脸上化着淡妆，显得高贵典雅。

“我是纪然珂，你们是……”纪然珂并不认识他们，看他们的穿着也不像学校老师，倒像是飞机上的空姐空少。

女生在唇边绽开一个笑容，温言道：“我们是美辰名店的员工，有人在我们店里订了一双篮球鞋，让我们送过来。”她又打开订货单核对了一遍，“对，就是送给纪然珂。”

“篮球鞋？”纪然珂不明所以，怎么会有人给她送篮球鞋，“是谁送的？”

女生抱歉地笑笑：“这个不太方便透露，应该是你的朋友吧？”

“朋友？”纪然珂猛然想到一个人，难道是洛景予？

女生转身把男生捧着的盒子打开，一双白色的篮球鞋出现在众人眼前。

“哇……”即便坐在最后一排的同学也情不自禁发出一声赞叹，突如其来的尖叫几乎要把房顶掀翻。

很快有人认出这双鞋，纷纷给旁边的人“科普”。

“是限量款，全市只有美辰名店接受预订，有钱都买不到。”

“据说是球星乔比斯设计的，上面的无限符号是属于他的标志。”

“这双鞋的抓地力特别好，因为乔比斯最擅长急停跳投，穿这双鞋上场，不管跑得多快，想停就能停。”

“你穿过？”

“怎么可能，嘿嘿嘿，我也是听说的。”

纪然珂瞬间被这双鞋吸引，鞋子是干干净净的白色，表面光洁无瑕，极具质感，是她脚上的帆布鞋根本不能比的。与此同时，她断断续续从同学口中听到“限量”“球星”“抓地力”几个词，她虽然不太明白这些词具体代表什么，但也能猜出来这双鞋一定价值不菲。

“我不能要。”纪然珂本能地摇头。

女生微微一怔，接着似乎明白了什么，笑着说：“放心，订鞋的人已经付过钱了。不过他不知道你的尺码，只说了一个大概，所以要你试一下，不合适的话，外面还有其他尺码。”

“不，我不能要。”纪然珂继续摇头。她不能平白无故接受别人的东西，特别是这样贵重的东西，不管是谁买的，她都不能要。

女生不得不微微蹙眉：“这真是让我们为难，客户千叮咛万嘱咐一定要我们在今天上午送到，还反复确认你的名字，让我们不要弄错了，现在……”

纪然珂正色道：“那请你告诉他，谢谢他的好意，但是我真的不能要。”

“可是……”女生还在努力劝说，哪怕她只是试一下，也好让他们回去交差。

听到这里，有好事的同学大声说：“要不让我试试！”

“去你的，有你什么事！”旁人笑骂道，引得大家哈哈大笑。

纪然珂却笑不出来，正在她不知道要怎么拒绝时，她突然感到身体某个部位振动了一下。

“抱歉。”她向女生道歉，快速走出教室。

“喂？”学校不让带手机，她只能躲在角落里偷偷摸摸接电话。

“然然？”是洛景予的声音，“你的鞋还好吗？”

“别提了。”纪然珂唉声连连，“两只鞋的开口越来越大，我现在走路时要特别小心，不然整个脚都会出去。”

手机里传来低低的笑声，像三月的春风一样和煦。听到这样的笑声，纪然珂糟糕的心情好了不少，也跟着笑了起来。

“这样吧，下午放学后我去接你，我们一起去买鞋。”

“好啊。”纪然珂迫不及待地说道，看来那双限量版篮球鞋的确不是洛景予买的，那么会是谁买的？

“对了，运动鞋还分专门的篮球鞋吗？不都是运动鞋？有什么区别？”

“当然有区别，逛商场的时候我可以慢慢给你讲。”

“真的吗？太好了！”从小到大，纪然珂特别爱听洛景予讲题，他讲题讲得比老师还好，耐心细致，条理清晰，再难的题到他手里也像一加一等于二一样简单明了。

“就这么定了！”纪然珂兴奋地说，“放学后我在校门口等你，不过先说好，买鞋要用我的钱，你能陪我去我已经很感激了。”

洛景予笑了笑，说：“好。”

挂掉电话后，穿着一双烂鞋的纪然珂慢慢向教室挪，一扫阴霾的她全然没有注意到不远处的楼梯口，有一个人望着她的背影无声地叹了口气。

天哪！纪然珂看到站在教室门口捧着鞋盒的两人顿觉头痛，她到底要怎么拒绝，才能让他们彻底放弃。

正在这时，女生接到一个电话，那边说了什么后，她神色一变，反复和电话那头的人确认："是不用了是吗？哦，客人说不用送了，好，我明白，我们马上回去。"

女生挂掉电话，对纪然珂说道："很抱歉打扰您了，订货的客人突然改了主意，不好意思。"

"没关系没关系！"看着两人离去的背影，纪然珂如释重负般吐出一口气。

洛景予果然如他所说，在她放学后到校门口接她。他已经换了衣服，和早上的样子大相径庭，他穿着格子衬衫，戴着无框眼镜，又回到她最为熟悉的模样。

"等了很久吗？"洛景予贴心地问。

"没有。"洛景予挠了挠头。其实她确实等了一段时间，她也不顾会不会因为穿着烂鞋被人指指点点，放学的铃声一响就迫不及待地跑了出来。

洛景予也不负等待："我借了自行车，这样载着你，你就不用走了。"

"谢谢。"纪然珂感激地说道。

洛景予说："上来吧。"

很久之后，纪然珂都记得这一幕。洛景予骑着车子载着她在城市的大街小巷穿梭，有风滑过她的手指，有柳枝拂过她的头顶，好像电影里的镜头。

如果不是穿着一双烂鞋就更加完美了。

“到了！”洛景予跳下车子，微微将自行车倾斜一些，好让纪然珂下来。

纪然珂抬头一看，满是玻璃幕墙的大楼高耸入云，因为正值店庆，大楼上到处是色彩艳丽的装饰，巨大的玻璃门上也挂着亮闪闪的星星灯。

玻璃门上方，写着这家商场的名字——美辰名店。

纪然珂的心猛地一跳，美辰名店？

上午给她送限量版篮球鞋的一男一女不正是这家店的工作人员吗？现在洛景予又带她来这里，也太巧了吧？

她还在犹豫要不要把上午的事情告诉洛景予，人已经被他推进了商场，洛景予迫不及待地说：“愣着干什么，快走吧。”

“哦。”进入商场后，夹杂着花香的冷气扑面而来，让纪然珂顿觉清爽宜人。

“上楼。”洛景予轻车熟路地带她找到电梯，直奔四楼运动区。

刚一跨出电梯，一个东西便跃入纪然珂的视线，她情不自禁停下脚步，仔细看着那件摆在橱窗里的商品。

洛景予也被那件商品吸引，那是一双白色的篮球鞋，球鞋被放在一个晶莹剔透的玻璃台上，无数射灯围绕着它，好像它就是独一无二的世界巨星。鞋子背后有球星乔比斯的巨幅海报，海报中间挂着一个电视，上面循环播放着这双鞋的宣传片。

洛景予见纪然珂有兴趣，欣然向她介绍："这是乔比斯的签名球鞋，拥有签名鞋是所有球员的梦想，现役球员里仅有三人拥有这项殊荣，其中就包括乔比斯。他的天赋极高，身高 199cm，站立摸高 270cm，垂直弹跳 99cm，灵活性、协调性、柔韧性也是顶级的。说这些你可能没有直观的感受，反正他还在高中的时候就打败了职业篮球队的明星级选手，也因此顺利入选职业队。"

"这么厉害。"纪然珂惊叹。

洛景予笑了笑："这还不算最厉害的。那时的他虽然在高中生里出类拔萃，和职业选手比还是稍稍逊色了一些，再加上队里有顶级巨星坐镇，因为和他的位置相同，给他的机会并不多，但他并没有为此抱怨。他为了获得更多上场机会，放弃了自己最擅长的位置，开始苦练三分球，最后真的练就了神射手的本事。那时候，只要球队稍稍落后，观众席上就会响起他的名字，希望他能上场。"

橱窗的电视里刚好播到球星乔比斯在赛场上力挽狂澜的镜头，在比赛的最后时刻，乔比斯刚带球过中场便起身跳投，在篮筐亮起红灯时精准无比地完成绝杀。

那一刻，在场的观众无不欢欣鼓舞，乔比斯也和队友抱在一起庆祝胜利。

纪然珂好像也被那种置之死地而后生的狂喜感染了，双眼变得

通红。

洛景予继续说："可惜，就在所有人都觉得他即将会被球队重用，走上职业生涯巅峰的时候，他却在一场比赛中被对手的恶意犯规扭伤脚踝，他虽然在休息片刻后回到赛场，还帮球队命中关键一球，可他还是因为伤势过重赛季报销。"

"后来呢？"纪然珂急切地问。

"后来他就消失在了人们的视线里，直到用一场跳伞宣告自己的复出。复出后，人们明显感受到他的打法发生了变化，为了避免脚踝过度用力，他特意开发出新的技术动作，和队友之间的挡拆掩护也更加娴熟。他优异的表现很快吸引了其他球队的注意，有球队给他开出更高的价码，他却不为所动。他说他很感谢球队没有在他伤病时抛弃他，所以他也要全力以赴回馈球队，最终和球队一起在五年之内拿下三冠。"

电视里刚好播到乔比斯和队友一起举起奖杯的画面，那种苦尽甘来的感觉让纪然珂情不自禁地发出一声赞叹："真好。"

"他现在不仅是全明星球员，还是最有价值球员，又因为他坚忍不拔的精神一直鼓舞着大家，所以才会吸引厂商为他打造这双签名球鞋。"

电视继续展示了乔比斯和设计师商讨鞋子的设计，他说，他对球鞋的要求是抓地力好，因为他时刻准备向篮筐发起冲击，必须得到来自地板的强力回馈。他说，球鞋可以选用白色，那是他最喜欢的颜色，也是球队队服的颜色。他说，可以在球鞋上加上数学符号"∞"

作为装饰，“∞”代表无限，表明他对篮球的热爱会永远延续下去，无论遇到什么困难。

“你喜欢这双鞋？”洛景予似乎看出了什么，向纪然珂问道。

“我……”纪然珂只是想到了上午有人送鞋的事情。那时的她只知道这双鞋样子不错又价格不菲，没想到在这双鞋的背后还隐藏了这么曲折的故事。

“你喜欢的话，我买给你？”

“那怎么能行。”纪然珂连连摆手，随即拉着洛景予往其他店铺走去，“不是说好了用我的钱。你能来陪我买鞋已经很让我感激了。再说了，我也不喜欢白色，白色不耐脏，总要洗，我又不会打篮球，要这么好的鞋也是浪费……”

纪然珂拉着洛景予没走出多远，一伙人正朝这边走来。

那伙人的身高个个超过一米八，为首一人更是超过一米九。那人虎背熊腰，又高又壮，他留着刺猬头，穿着一件画着骷髅的短袖，配一件迷彩短裤，每一件衣服都比常人穿的大上几号，脚上的运动鞋更是像小船一样。

他正在对身后的人说着什么，其他人恭恭敬敬地听着，时不时恭维两句，一脸谄媚。为首那人甚是得意，好像不把任何人放在眼里。

纪然珂看到那个人，整个人吓得腿都软了。

糟了，是宋乾坤！怎么会在这里碰上！

宋乾坤是纪然珂舅舅家的孩子，比她大一岁，她在礼贤中学读书，宋乾坤则在唯实中学就读。其实不止唯实中学，方圆十里的中学、

小学都知道宋乾坤的名号，他为人霸道，不讲道理，待人接物极不客气，没有人愿意和他打交道。

趁他还没有发现自己，纪然珂迅速拉起洛景予的胳膊："别再往前了，快走。"

"啊？"洛景予还没反应过来就被纪然珂拉着往旁边的岔道跑了。

宋乾坤很久没逛商场了，这次听说乔比斯推出了新款签名球鞋，全市只有美辰名店有货，所以专程赶来。听说他要去买球鞋，唯实中学篮球队的队员们也要一起来，说是要跟队长"开开眼"。

升入高三的篮球队员因为要准备高考，逐渐淡出篮球队，高二的宋乾坤顺理成章成为篮球队队长兼主力球员，他身后的这些人都是高一新生，也是篮球队新招募的队员，他们早就听说宋乾坤在赛场上的神勇事迹，个个把宋乾坤奉为天神。

这个说："乔比斯的签名鞋那么贵，我们想都不敢想，要不是跟着队长，可能连看一眼的机会都没有。"

那个说："别说什么贵不贵的，乔比斯的签名鞋就是白给你也是糟蹋东西，队长可不一样，队长天赋异禀又技术全面，要是再有这么一双签名鞋加持，肯定战无不胜。等职业队教练再来的时候一定会被队长的球技折服，而不是看上那个什么易维辰……"

"咳咳……"见他开始胡言乱语，旁边的人赶忙用咳嗽提醒他。

与此同时，原本神采奕奕的宋乾坤已经变了脸色，他停下脚步，质问那个乱说话的队员："你说什么职业队，什么易维辰？"

这是宋乾坤心里永远的痛，高一时，他和易维辰是唯实中学篮球队的队友，两个人旗鼓相当，不分伯仲，教练也很看好他们，说他们是他当教练这么多年来见过最优秀的高中生球员，相信在不久的将来，两人一定可以在职业篮球联赛上大放异彩。

职业篮球联赛是篮球爱好者们的终极梦想，可是想要进入职业篮球队并不容易，特别是对于高中生来说，职业篮球队一般从体校生中选拔，高中生想进入职业篮球队几乎是不可能的。

球队教练为了他们能有更好的出路，专门把自己在国家队时的队友，现任职业队教练请来，想让他看看两人的比赛。

那天，他知道有职业篮球队教练在场，使出浑身解数吸引对方注意。他积极跑动，拼命防守，抓到机会就猛攻篮筐，还完美完成了一个扣篮。

当比赛结束的哨声响起时，他知道自己离成功又近了一步，可是，职业队教练却无视他的存在，转而向易维辰抛出橄榄枝。

他不明白，易维辰怎么会入得了职业队教练的法眼，易维辰明明在球场上表现得很一般，一直在给他助攻，连球都没怎么拿到手，更别说投篮。

被职业队教练看中又怎样，易维辰还不是没有去成。不仅如此，他还在高二开学后放弃唯实中学篮球队主力的位置，转到素有学生地狱之称的礼贤中学。据他所知，礼贤中学不允许学生从事任何与学习无关的事情，也没有一支校级篮球队，易维辰到了礼贤中学意味着他再也不会出现在任何正式的篮球赛场上，更别说和他同场竞技。

宋乾坤警告那个说错话的男生：“我说过多少遍，不要在我面前提易维辰。”

话音刚落，另一人又开始大叫：“易……易维辰。”

“你还提！”宋乾坤冲那人咆哮。

那人吓得连连求饶，伸手指给宋乾坤看：“不是不是，队长，快看，那个人好像是易维辰。”

宋乾坤顺着他手指的方向一看，果然，身高腿长的易维辰正从电梯上下来，大步流星朝一间店铺走去。突然间，他停下脚步，望着一件商品出神。

宋乾坤走近两步，发现好巧不巧，他正在看的商品就是自己看上的那双签名球鞋。

“呵……”宋乾坤冷笑一声，向队员们招手，“走！”

易维辰并不常来这家商场，来也只会逛几家运动品牌的店铺。其实他并不喜欢这家商场，如果不是这里的运动品牌最全、店铺面积最大，他根本不会来这里。

“您来了，您要的签名鞋已经给您包好了。”店员看到易维辰，热情地向他打招呼。

易维辰怔怔地看着橱窗里的签名球鞋，陷入回忆。

早上看到纪然珂的帆布鞋坏了，他立刻想到为她买一双新的，刚好品牌店通知他之前预订的签名球鞋到货了，他便请他们把这双鞋送到学校。易维辰想，这样一双鞋一定没人会拒绝。得知品牌店已经把球鞋送到后，他立刻赶过去，一路上甚至想象着纪然珂收到鞋后兴高采烈的样子，谁知道她连试都没有试一下。

“唉……”也不知道那时的她在和谁打电话，放学后又去了哪里买鞋，能不能买到合适的鞋。

情不自禁的叹息声把自己都吓了一跳，易维辰猛然回过神，他这是怎么了，纪然珂没有收下鞋一定有她自己的考量，他又何必在这里伤春悲秋。

易维辰刚想对店员说谢谢，一个身影忽然压了过来：“怎么？你也喜欢这双鞋？”

宋乾坤一阵冷笑，冲站在一旁的店员喊道：“你，这双签名球鞋，拿最大号来让我试，马上。”

店员是个娇小的女生，扎着丸子头，眼睛大大的，看上去可爱极了。宋乾坤又高又壮，着实把她吓了一跳。她迟疑片刻，小声问：“不好意思，请问您有预订吗？”签名球鞋数量有限，并不是谁都可以试穿购买的。

“预订？我还要预订？”宋乾坤并没有被所谓的“预订”吓到，越发不可一世地反问。

“就是，让你拿你就拿，怎么那么多话。”

“你最好快一点儿，我们队长可没有什么耐心。”

宋乾坤的跟班们你一言我一语，争先恐后地冲店员叫嚣。

“可是……”店员左顾右盼，似乎很为难。

“可是什么可是！再叽叽歪歪的，我就投诉你！”宋乾坤的声音更大了。

“对，投诉你，到时候丢了饭碗可别怪我们没有提醒过你。”

“你们不是总说把顾客当上帝吗？现在上帝有这么一个小小的要求都不能满足？”

“一双鞋而已，我们队长又不是买不起，至于这么磨磨叽叽的吗？”

宋乾坤的跟班们唯恐天下不乱似的叫喊着。

“没关系，给他试一下。”这句话是易维辰说的。他的脸上一直没有什么表情，说这句话时声音也不大，稍不注意就会忽略。

见此情形，店员立刻答应一声，恭恭敬敬地对宋乾坤说：“您稍等，我帮您去拿。”

“哈哈，牛什么牛，还不是乖乖去拿了。”

“队长，还是您厉害！”宋乾坤的跟班们根本没注意到易维辰也说了一句话，见店员拿鞋去了，还以为是自己这边冲店员大呼小叫起了作用，赶忙借机吹捧宋乾坤。

另一人也不甘落后，冲众人道：“这不是废话嘛！我们队长想做什么做不到，就是职业队……”他一说到“职业队”三个字便感受到众人刀子一样的目光，那人猛然意识到自己说错话了，立刻低头求饶，“队长，对不起，我不是故意的！请您原谅我。”

“呵……”一旁的易维辰不自觉地笑了一声。

本就在气头上的宋乾坤听到这个刺耳的笑声更加火冒三丈，他转向易维辰，问：“你笑什么？”

易维辰面不改色，不疾不徐地反问：“你会不知道我在笑什么？”

没错，宋乾坤当然知道易维辰在笑什么，所以他才会这样生气。

他们都是唯实中学篮球队教练的得意门生，一同参加职业队教练的选拔，明明他的表现更胜一筹，为什么易维辰可以被职业队教练看中，他却不行？

“呵……”就在这时，宋乾坤也笑了一下，笑声里既有一笑而过的释然，也有眼高于顶的嘲讽，“你知道我在笑什么吗？”

见易维辰不接话，宋乾坤自顾自说道：“我在笑你，我清楚记得你说过一定要拿下高中篮球联赛冠军，啧啧啧，那个自信劲儿，好像根本不把别人放在眼里。要是在唯实中学还好，早晚让你混上一个，现在转学去礼贤中学？礼贤中学有篮球队吗？现在的你恐怕连参赛资格都没有，你说可笑不可笑？对了，我听说礼贤中学管得特别严，你现在排名多少？每门课都在一班吗？作业写完了吗？课文背了吗？明天的课预习了吗？”

“哈哈哈……”

“快回家写作业吧。”

“小心老师叫家长。”

宋乾坤的跟班们嘻嘻哈哈地笑着。

面对众人的讥笑，易维辰的脸上依旧没有什么特别的表情，他自始至终将目光落在不远处悬挂着的乔比斯海报上，漫不经心地说道：“看来你还不知道，礼贤中学刚刚组建了一支篮球队，相信过不了多久，我们又能在赛场上见面了。”

不只是宋乾坤，在场的所有人听到这句话都不自觉地倒吸一口

气。一是为礼贤中学能组建篮球队而感到不可思议，二是为有易维辰这样一个强劲的对手而感到害怕。

对于易维辰的实力，宋乾坤是亲自领教过的，易维辰有着惊人的耐力、过人的天赋和超强的学习能力，当然，不管他怎么强，比自己还是要差一些的。但是就算他再不愿意承认，易维辰也是让职业队教练高看一眼的人，这样的人做自己的队友还好，如果有一天变成自己的对手……

宋乾坤明显有些心虚，面子上依旧强硬，他不屑地扬起下巴:“那又怎样？有篮球队就能拿到篮球联赛冠军？”要知道有着顶级配置的唯实中学篮球队也不敢保证每年都能拿到篮球联赛冠军，礼贤中学这样一个篮球新兵又凭什么夺冠？

正在这时，扎着丸子头的店员过来了，她恭恭敬敬地对宋乾坤说:“鞋拿来了，请您试一下。”

“怎么这么慢！”

“你是不是故意拖时间？”

“这是那双签名球鞋吗，别拿其他东西糊弄我们队长。”

宋乾坤的跟班们又在一旁叽叽喳喳说个不停，还有一人忙不迭擦了擦换鞋凳，冲宋乾坤龇牙一笑：“嘿嘿，队长您坐。”

“嗯。”宋乾坤大剌剌地在换鞋凳上坐下，面对半蹲在地正在从鞋盒里拿鞋的店员，故意把脚伸到她面前。

“这……”店员为难地蹙眉，店里只让他们帮忙拿鞋，并没有规定要帮客人换鞋。

见店员没有动作，宋乾坤的跟班们又是一顿叫嚷：

“怎么？不愿意？”

“你是不是看不起我们队长？”

“你们店的服务也太差了吧，换个鞋也推三阻四。”

就在大家争执不休的时候，一旁的易维辰忽然在这时蹲下身子，面无表情地说：“我来。”

宋乾坤没想到易维辰会亲自为自己换鞋，他不由得喜上眉梢，谁知道高兴不过一秒，易维辰便像拔萝卜一样粗暴地把他的鞋子拔了下来，他想叫又不敢叫，只能死死咬着嘴唇，那滋味别提多酸爽。

易维辰拿起一只签名球鞋，面无表情地问：“要我给你穿吗？”

“不……不用了。”宋乾坤心有余悸，接过球鞋自己穿上。

因为身高超过一米九，宋乾坤的脚和小船一样，一般的鞋款不一定有他的尺码。这次也是一样，他又想在易维辰面前出风头，又担心签名球鞋没有他的号，所以才会对店员说要最大码。

他看了一眼手上的球鞋，45 码，好像是小了一些，不过这么多人都在看着，要是穿不上岂不是很没面子。宋乾坤想到这里，咬牙把自己的脚挤了进去，大喊一声：“合适，就这双了。”

店员却更加为难了：“可是……”他并没有预订，按规矩并不能卖给他。

见她又在这里支支吾吾，宋乾坤的跟班们气不打一处来：

“什么可是不可是的？你怎么这么奇怪，干什么都慢吞吞的，赶快结账。”

“怎么，你是不是怕我们队长给不起钱？”

“你再叽叽歪歪的，我们队长把这家商场买下来你信不信？”

“啊？”店员听到这句话下意识看了看易维辰。

易维辰在这时摸了摸鼻子，轻咳一声：“他喜欢这双鞋的话就卖给他吧。”

“好。”店员忙不迭答应一声，结账去了。

宋乾坤故意把两只鞋都穿上，左看右看在易维辰面前显摆：“对了，你来这里干什么？你不会也是为这双鞋来的吧？”

宋乾坤的跟班们又开始上蹿下跳：

“我们队长看上什么你就看上什么？”

“学人精！”

“哈哈哈……”

易维辰不为所动，他站起身，像一个优雅的王子，对宋乾坤居高临下道：“你说得对，我本来是想买这双签名球鞋的，不过为了避免让人说我是学人精我还是买其他的好了，买什么好呢？”他摸着下巴，眼光没有看向货架，而是在宋乾坤跟班们穿的鞋上扫了一圈。

“我想到了。”易维辰淡淡一笑，“篮球是团体项目，每个队员都是不可或缺的一分子，每个队员都一样重要，怎么能让我一个人穿着好几千的限量款签名球鞋，别人穿着没牌子的旧鞋？所以不如把买签名球鞋的钱省下来，给篮球队的每位队员买一双篮球鞋，这样才能取得好成绩。嗯，就这么定了。”

易维辰说完，慢悠悠朝货架去了，留下宋乾坤几人面面相觑。

这个人说：“队长，他这是什么意思？”

那个人说：“对啊，他给自己的队员买鞋为什么要这么大声说出来，好像故意说给谁听似的？”

还有人说：“就是，难道我们队长是那种自己吃香的喝辣的，让兄弟们吃糠咽菜的人渣？”

大家你一言我一语，说得宋乾坤都头大了，他不得不大手一挥：“好了！你们一人挑一双喜欢的，快点儿！”

“谢谢队长！”众人一阵欢呼。

正在货架上挑选篮球鞋的易维辰很快被一群饿狼一般的人挤开，他后退几步，脸上依旧淡淡的，只是在看向宋乾坤时不着痕迹地挑了挑嘴角。

“啊！”看到这个笑，宋乾坤快要气死了，可是说出去的话如同泼出去的水，他只能忍着心痛咬着牙默默把众人买鞋的账付掉。

与来时的两手空空不同，宋乾坤一行人走的时候每个人手里都拎着一个纸袋，每个人脸上都喜不自胜，哦不，除了宋乾坤。

扎着丸子头的店员站在门口鞠躬，声音甜美，笑容可掬：“欢迎下次再来。”

“再……”宋乾坤恶狠狠地瞪了她一眼，又看了看站在一旁云淡风轻的易维辰，在心里发誓这辈子都不会再来了。

宋乾坤刚走，另外一群西装革履的人急匆匆赶了过来，为首一人热情地向易维辰打招呼：“少爷，您来了怎么也不提前通知一声。”

这人正是美辰名店的总经理，听说易维辰来了，赶忙过来看看

有什么需要帮忙的，因为这家商场的老板正是易维辰的父亲。

易维辰谦逊地笑笑：“不用这么客气，我只是随便买一些东西。对了，别和我爸说我来过，他现在恨不得我一天二十四小时每个小时都在学习，要是知道我来逛商场，一定会打断我的腿。”

“噗……”一旁的店员忍不住笑了出来。

总经理瞪了她一眼，嫌她在易维辰面前没规没矩。

“您放心，我们不会说的。”总经理恭恭敬敬地说道。

“谢谢。”易维辰道了谢，又转向品牌店的店员，“今天委屈你了。”宋乾坤这人性子野蛮，好像从来不知道什么是礼貌。

“不委屈。”店员笑嘻嘻地回答。她一下子卖出去好几双鞋，相比丰厚的提成，受点儿委屈又算什么？不过这一切还要感谢易维辰，要不是他故意说了那番话，宋乾坤怎么会心甘情愿买下这么多双鞋。

易维辰笑了笑，从店员手里接过那双签名球鞋，转身离开了。

DISIZHANG

第四章

是她！我们的秘密武器

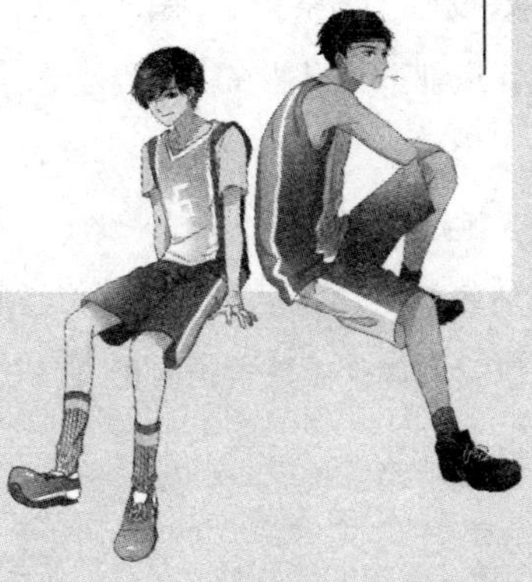

清晨五点半，绝大部分人还在梦中，纪然珂却已经穿着球衣出现在体育馆。

这两天洛景予不在，他去外地参加奥数比赛了，也不知道什么时候能回来。

说实话，刚得知洛景予不能来训练时，纪然珂的第一反应是自己也请假不来了，可是她既然已经成为篮球队的一员，这样做未免有些不负责任，更重要的是，她还可以趁这段时间做些事情。

最近几周，易维辰一直在训练大家的运球能力，下一步，易维辰会针对大家的投篮技术展开练习。纪然珂已经等不及了，她想快点儿练好投篮，等洛景予回来后，她就可以和他一起打篮球，而不是因为什么都不会只能在一旁傻傻地看着。

为了完成这一目标，纪然珂每天早上提早一小时到达体育馆练习投篮，她准备了整整一推车篮球，一刻不停地往篮筐里扔。

纪然珂相信熟能生巧，就像曾经的她对数学一窍不通，最终通过大量练习掌握了做数学题的秘诀。

纪然珂很快把一推车的篮球扔完了，她顾不上喝口水喘口气，像只兔子一样在体育馆里穿梭，弯着腰把散落一地的篮球一个一个捡回来。等集齐一推车篮球后，纪然珂立即开始第二轮投篮。

“砰……砰……砰……”

空荡荡的体育馆反复回荡着篮球狠砸地板的声音，满满一推车篮球很快又见了底，然而纪然珂一颗篮球都没有投进。

说没有投进还是客气的，事实上，那些扔出去的篮球真的只是被她扔出去了而已，别说进筐，它们当中的绝大部分甚至连篮板、篮网都没有碰到就像断了线的风筝一样一头扎在地上，又骨碌碌地滚了出去。

“又只剩最后一颗篮球了。”纪然珂把篮球拿在手里，闭上眼睛默默祈祷，希望这次能有奇迹出现。

纪然珂深吸一口气，纵身一跃，狠狠将篮球扔了出去。

随着篮球从手中飞出，纪然珂紧盯着篮球飞跃的轨迹，当篮球在空中划过时，她明显感觉到这一次的投篮真的不太一样！

看这弧线、看这角度、看这力道，肯定……

隐隐上扬的嘴角迅速垮掉，纪然珂眼睁睁看着篮球从篮板上方飞了过去落在对面的看台上。

又是一个三不沾！

“啊……”纪然珂哀号一声，绝望地闭上眼睛。这样的她怎么能让洛景予刮目相看？不被他笑话就不错了。

纪然珂从没有像现在这样沮丧过，她终于意识到，投篮和做数

学题不太一样。她做不出数学题时可以先看看答案，慢慢摸索其中的诀窍，而篮球，虽然正确答案就摆在面前，可是完成的步骤像谜一样，无论怎么努力都是徒劳。

她还能练好篮球吗？

纪然珂正在这边黯然神伤，那边突然传来一阵“啧啧”声。

她循着声音望去，见古岩鸣双手抱胸，像看怪物一样看着自己。

“我远远听到声音还以为是易维辰来了，没想到竟然是你在练习投篮？”

快到篮球队训练的时间了，队员们陆续走进体育馆，纪然珂不得不结束投篮训练。她一边把地上的篮球装进推车，一边向古岩鸣反问：“怎么，我不能提早一些来练习吗？”

古岩鸣冷哼一声，快要把白眼翻上天：“你当然能来练习，只是你练什么不好，偏偏要练投篮？你不会还想着要给球队得分吧？拜托，你能不能有些自知之明，球队收你不过是凑人数而已，就凭你现在这个水平，哪怕把我们几个主力累死也不敢让你上场。当然，如果比赛进入垃圾时间，还是可以给你一个机会让你上去锻炼锻炼，不过那也只是让你跟着大家跑一跑，做一做防守罢了，篮球根本不可能传到你的手上，还投篮？做梦吧。”

“喂！”纪然珂忍无可忍地大喝一声。她会练习投篮只是为了能和洛景予一起打篮球，谁在乎能不能在比赛中得分。再说了，她为了不耽误球队训练，特意提早一小时赶来体育馆，在这段时间里，想练什么是她的自由，凭什么被他说三道四。

纪然珂本就因为投不进篮球气得不行，现在被古岩鸣一顿讥讽，更是怒不可遏，就在她双手叉腰准备和古岩鸣好好理论一番时，一个清冷淡漠的声音翩然而至。

“谁说她不能练习投篮？”易维辰一手夹着篮球，一手斜插在裤子口袋，慢慢向两人走来。他越过古岩鸣，径直来到纪然珂面前，语重心长地说，“你不仅要练习投篮，还要练好投篮。”他一边说着，一边将手放在纪然珂的肩上，“因为你是我们球队的秘密武器，球队能不能赢下比赛很可能就要靠你了。”

“什么？”一旁的古岩鸣大叫一声，“我没有听错吧？靠‘他’？”

纪然珂同样一脸惊诧，她下意识看了看易维辰落在自己肩上的手，那只把玩篮球就像把玩弹珠一样灵巧的手此时此刻好像有千斤重，压得她身子都软了。

“靠我？”

“是。”易维辰面无表情地回答，“所以今天的安排是这样的，其他队员继续练习运球，你先人一步练习投篮，为了保证训练质量，我会对你进行一对一的指导。”

“啊……”

见她露出为难的样子，易维辰微微蹙眉：“怎么，不愿意吗？”

“没有，没有。”纪然珂摇头。

易维辰终于舒展眉头：“那就好，我去换衣服，你在这里准备一下。”

“哦……”纪然珂答应一声，转头看见古岩鸣一脸愤恨地盯着自

己，好像随时会把自己一口吞掉一样。

正在这时，有队员过来招呼古岩鸣一起练习运球，那人也向纪然珂挥了挥手："快来吧，一起啊。"

不等纪然珂开口，古岩鸣冷冷地说道："不用了，队长刚刚说了要带'他'练习投篮。"

"哇……"那人情不自禁赞叹一声，目光中满是对纪然珂的羡慕。

古岩鸣却看了那人一眼，阴阳怪气地说道："你不会以为这是什么好事吧？队长这么做完全是为了惩罚'他'。每个阶段都有每个阶段的任务，这段时间就是要练好运球，某人偏偏要自以为是练习投篮。'他'不是爱练投篮吗，那就让'他'练个够，哼！"

古岩鸣说完，还不忘向纪然珂丢去一个嫌弃的眼神："不自量力。"

虽然古岩鸣的神态表情是那样让人讨厌，可是纪然珂不仅顾不上生气，甚至还有些心虚。

古岩鸣说的是真的吗？易维辰让她练习投篮是为了惩罚她？

她看了看把篮球拍得"啪啪"响的古岩鸣，又看了看换上黑色球衣正缓步而来的易维辰，心里像揣了一只兔子，七上八下。

没过一会儿，纪然珂便相信了古岩鸣的话，易维辰一定是因为她擅自练习投篮而生气，想要借着这个机会惩罚她，好让她记住这个教训。

偌大的体育馆被一分为二，其他队员在那半边练习运球，易维辰带着纪然珂在这半边练习投篮。

在接下来的时间里，体育馆里除了篮球砸地的声音就是一个男生接连不断的大吼："右脚指向篮筐中央，手肘偏右，右！你左右不分吗？手肘、手腕、肩部要做出三个九十度，你这是九十度吗？弧度不够，再来一个！注意姿势，刚刚强调过的又忘了吗？说过多少次了，不要盯着球的飞行轨迹！"

纪然珂本来就对自己的投篮水平没有信心，现在被易维辰这样一通乱吼更是乱了方寸。她一会儿想着脚上的动作，一会儿想着手上的动作，还要时不时听着易维辰的吩咐，整个人慌慌张张的，结果什么都做不好，有几次还不小心让篮球脱手了，然后毫不意外地招来易维辰的一顿数落。

一旁的队员们似乎已经对这一幕习以为常。易维辰向来不苟言笑，要是其他事情还好，只要和篮球扯上关系，他整个人就像被魔鬼附身一样，哪怕是再小的错误也会被他毫不留情地指出来，接受他的训练，被吼被骂都是再正常不过的事情。

纪然珂也劝自己冷静下来，既然易维辰想用投篮训练惩罚她，如果她放弃了不就代表自己认错了吗？可她只是拿自己的时间练习投篮，又何错之有呢？

纪然珂很快在心中打定主意，易维辰让她练习投篮，她不仅要奉陪到底，还要练出一手百发百中的本事，让他无话可说！

可是……

投篮真的太难了，纪然珂才练了一会儿，手酸了，背也痛了。当然，身体上的不适还不算什么，最让人受不了的是易维辰对她精神上的折磨。他自始至终都在指出她的缺点，把她批驳得一无是处，好像

她根本就不该来这里打篮球。

纪然珂不想再忍了。

“手肘收一些，出手时手肘要高过眼睛……”

易维辰的声音持续不断地传来，这一次，纪然珂好像没听见一样，她缓缓将举过头顶的篮球收回来，又慢慢转向易维辰，一动不动地看着他。

“怎么了？你怎么不投？”易维辰不明所以地问，好像丝毫没有意识到自己的行为给别人带来了怎样的困扰。

“怎么了？”纪然珂在心里咒骂。天知道此刻的她多么想把篮球砸在他身上，然后恶狠狠地说一句“我不练了”，接着头也不回地离开。事实上，这一场景已经在她的脑海中演练了无数遍，就差付诸行动了。

抱着篮球的手臂倏地收紧，纪然珂将全身的力量汇集在双手上，她已经做好准备下一秒就把篮球扔在易维辰身上。

“怎么了？”见纪然珂不说话，易维辰追问，“是不是太累了？”

那是怎样的语调啊，明明毫无波澜却像音乐家的手指一般拨动了她的心弦。易维辰向前一步，探寻似的望着她，清澈的双眸像个孩子一样懵懂无辜。

积蓄许久的力量顷刻间烟消云散，纪然珂低下头，支支吾吾地回答：“我……我要去洗手间。”

易维辰似乎松了一口气，淡淡道：“去吧。”

纪然珂把篮球放在地上，一路小跑出了球场。

体育馆的洗手间设在走廊最里面，纪然珂第一次发现这条走廊是这样长，长到才跑到一半眼泪便掉了下来。她顾不上去擦，下意识加快脚步，直到冲进洗手间，才对着镜子痛痛快快哭了一场。

纪然珂也说不清楚自己为什么要哭，她就是觉得委屈，仿佛只有眼泪才能带走心中的愤懑。

哭着哭着，纪然珂不哭了，也不知道怎么了，她都已经躲到洗手间，那人的吼声还是挥之不去。

她看了看镜子里的自己，发泄似的学着那人吼她时的模样。

“手肘偏右，右！你左右不分吗？手肘、手腕、肩部要做出三个九十度，你这是九十度吗？”

她一边学，一边做鬼脸，学着学着，她又笑了出来。

漫天的阴霾散去，她总算没有那么难受了。仔细想想，易维辰是严苛了一些，不过他并没有恶意，她不是想和洛景予一起打球吗？现在有人愿意教她技巧，帮她练习，她应该高兴才对，怎么偏偏哭了起来？她觉得，易维辰就像摆在面前的数学题答案，看上去冷冷的、酷酷的，不近人情又让人气馁，可是如果想要攻克难题就要试着接触他、理解他、接纳他，逃避是解决不了问题的。

想到这里，纪然珂快速擦干眼泪，她深吸一口气，对着镜子给自己加油鼓劲：“纪然珂，你一定可以的！”

满头是汗的古岩鸣远远看到一个身影，那个身影挺拔修长，与一众篮球队员相比又略显纤弱，以至于他一眼便认了出来，那个人是纪然珂！

古岩鸣望着纪然珂的背影，恨恨地撇了撇嘴。说实话，他到现

在都不明白，易维辰为什么会那样看重纪然珂，不仅把球队赢球的重担交给“他”，还撇开其他人单独指导“他”练习投篮。

没错，他就是羡慕纪然珂，或者说是嫉妒，可是又不想像别人那样表现出来，所以才会说易维辰这样做是为了惩罚“他”。

如果这真的是一种惩罚，他宁愿被惩罚的那个人是自己。

哼，得到易维辰的指导又怎样？

他偷偷观察过，纪然珂资质愚钝，进步缓慢，练了半天一个球都没有投进，再这样下去，易维辰迟早会发现自己看错人了，纪然珂根本就是一块不可雕的朽木！

古岩鸣一边想着，一边拐进洗手间，等到习惯了洗手间昏暗的灯光时，他仿佛被雷击了一样愣在那里。

等……等一下……

这里为什么和他印象中的洗手间不太一样，好像少了些什么，难道……

古岩鸣刚想退出去，随着一阵疾风在耳畔拂过，一个大扫把砸在他的身上。

“变态，一个大男人竟然进女厕所！”体育馆的保洁阿姨一边挥舞着扫把一边对古岩鸣喊，“你叫什么名字，哪个年级的？礼贤中学怎么会有你这样的学生，偷偷摸摸跑到女厕所，你想干什么？”

“我没有，这都是误会！误会！”古岩鸣用手挡着飞过来的扫把，急忙向保洁阿姨解释。

保洁阿姨哪管这些，她忽地伸出手，想要抓住古岩鸣：“误会？

骗谁呢？走，跟我去见教导主任。喂！你别跑……”

还好古岩鸣经常打篮球，身子灵活又跑得飞快，这才没被保洁阿姨抓住。他一口气跑出好远，直到把保洁阿姨彻底甩掉才心有余悸似的拍着胸口。

奇怪，他怎么会走错呢？

“对了！”古岩鸣猛地一跺脚，“都怪纪然珂！”他远远看到纪然珂从靠右边的洗手间出来，想也没想就跟了进去，谁能想到那是女洗手间。

等一下，这么说偷偷摸摸进女洗手间的变态不是自己，而是纪然珂？“他”为什么会进女洗手间？

古岩鸣立时起了一身鸡皮疙瘩，想不到纪然珂不只打篮球不行，还是一个彻头彻尾的大变态！他越想越气，真想立刻在众人面前揭穿纪然珂的真面目，又怕大家不相信他。

无可奈何的古岩鸣远远望着纪然珂的背影暗暗握拳．“纪然珂，你给我等着！”

接下来的几天，纪然珂明显感觉到古岩鸣看自己的眼神怪怪的，训练中不小心碰到他，他也会像触电一样一下子跳开，然后用那种不知道该怎么形容的眼光看着她。

纪然珂以为他只是单纯地讨厌自己，也就没怎么放在心上，有时候还会在他看自己时不卑不亢地看回去。每当这时，古岩鸣都会小声说着什么，她听不太清楚，但心里知道那一定不是什么好话。

按照惯例，每周六下午是球队训练的时间，这天练到一半，突

然传来吵闹声。一个男生大声嚷道："你凭什么抓我？体育馆是你家开的吗？我来看看不行吗？"

大家循着声音望去，见一高一低两个人正在拉拉扯扯。

纪然珂眼前一亮，是洛景予！他终于回来了！可是旁边那个身高低一些的人又是谁？

洛景予把那人带到球场中央，向大家解释："我进来的时候看到他在场边鬼鬼祟祟的，想走近一些问他找谁，他却像老鼠见了猫一样看到我后拔腿要跑。"

洛景予转向那人，不客气地问道："你是谁？来这里做什么？"

那人看了洛景予一眼，扬起下巴抿着唇，似乎打定主意一个字也不会说。

就在大家不知道该怎么办的时候，一旁的易维辰不疾不徐地开口："是宋乾坤让你来的？"他从唯实中学转学过来，认得这人是唯实中学的学生，唯实中学的学生会来礼贤中学体育馆，思来想去只有一种可能。

那人明显一怔，他知道易维辰认得自己，再怎么狡辩也没有用，索性把下巴抬得更高，摆出一副无所畏惧的模样："是，他听说你在礼贤中学组建了篮球队，特意派我来打探打探情况。"

"卑鄙。"古岩鸣率先骂道，其他人也在低声附和。怎么会有这种人，不把心思用在练球上，反而走这种歪门邪道，派出"间谍"打探别人的情况。

易维辰问："你都打探到什么了？"

那人的眼珠滴溜溜地乱转，不无得意地说："反正该知道的都知道了。"

"呵……"易维辰轻笑一下，摇了摇头，"不，有一件事你一定不知道。"

"什么？"那人不可思议地问。他自恃侦察能力一流，没有什么事情能逃得过他的眼睛，短短几天时间，他已经掌握了礼贤中学篮球队每个成员的技术特点，还有什么是他不知道的？

易维辰慢条斯理地走到纪然珂身后，伸出双手把她推了出去："你还不知道吧，她是我们球队的秘密武器。"

"秘密武器？'他'？哈哈哈……"那人像是听到了什么天大的笑话，不可抑制地笑出来。说实话，哪怕易维辰随便在篮球队里抓一个人，不，哪怕他随便在大街上抓一个人，说这个人是篮球队的秘密武器他都信，除了眼前这个人。

他观察了好几天，这个人一点儿篮球基础都没有，明显就是被易维辰拉来凑数的，怎么可能是球队的秘密武器？他贼溜溜的目光在纪然珂身上一转，不屑地开口："就'他'？运球运不远，投篮投不进，防守防不住……"

不等那人说完，易维辰出声打断他："不，你不了解她，她有一项别人没有，而且永远也不可能有的绝技。"

"是什么？"

易维辰高深莫测地一笑，说："我不能告诉你。"

"哈……哈哈……"那人再一次笑出来，不同的是这一次的笑

声又干又涩，透着勉强。他很快便停下了，看了看纪然珂与易维辰，目光防备。

纪然珂不用说，还是那副茫然不知所措的样子，但易维辰不一样，他目光坚定、神情自然，好像刚刚说的一切就是真理，让他不得不重新打量被易维辰推出来的队员。

也许真像古话说的，人不可貌相，这个看上去对篮球一窍不通的人说不定真有什么惊人的技艺。之前的嚣张气焰不复存在，那人艰难地吞了吞口水，半天说不出一个字。

易维辰伸手拍了拍他的肩膀："回去把你知道的一五一十地告诉宋乾坤，让他做好准备。"

"我知道了。"

"谢谢。"易维辰礼貌地说，随即摆了摆手，让那人离开。

望着对方仓皇逃走的背影，古岩鸣愤愤不平地抱怨："就这么放他走，也太便宜他了吧，要不要也派个人去他们那里打探打探情况，这样才公平。"

"不用。"易维辰摇了摇头，他将目光放向远处，似乎是陷入了某种回忆，"唯实中学篮球队什么样我再熟悉不过，在这种情形下，把我们队的情况告诉他才是真正的公平。"

"真正的公平？"纪然珂被这句话触动了，她猛然看向易维辰，好像之前并不认识这个人。她想，这大概就是真正的强者，不怕与别人分享自己的优势，无惧对手的快速成长，心心念念的只有是否堂堂正正无愧于天地之间。

“喂，想什么呢？”和煦的声音传来，眼前出现的是洛景予温柔的笑脸。

“没……没什么。”纪然珂回答，“你什么时候回来的？”

“刚刚啊，本来是该回家休息的，不过在家也没什么意思，所以过来打会儿篮球，放松放松。”洛景予拿起篮球拍了两下，问纪然珂，“我不在的这些天，你都做什么了？”

“我……”纪然珂不好意思说。

这些天，她一直在练习投篮，可惜投篮的姿势技巧学了不少，就是一个球都没有投进。这么说来，她还是挺佩服易维辰的，她都这样了，他还没有放弃她，如果是她站在易维辰的位置上，大概很难有这样的耐心。

唉，她真是太笨了。

洛景予敏锐地察觉到了什么，他试探着问：“然然，你好像不太开心。”

“怎么会？”纪然珂掩饰似的露出一个大大的笑脸。

相识多年,他怎么会看不出纪然珂眼底的挣扎。他微微叹了口气，安慰道：“你不要把他们的话放在心上。”

洛景予几乎可以想象到他不在的这些日子纪然珂遇到了什么，其实他一直不明白，纪然珂为什么会接受易维辰的邀请加入篮球队。

那一次，纪然珂发现洛景予欲言又止，想说什么却没有说。训练结束后，大家结伴走出学校，路过奶茶店时，古岩鸣提议请大家喝东西，其他人欣然同意，只有纪然珂有些犹豫。古岩鸣见状摸了

摸鼻子，闷闷地对纪然珂说："你也来吧。"他虽然讨厌纪然珂，但是请全队喝东西唯独不请纪然珂，未免显得他有些小气。

奶茶店的装修极其普通，东西也非常一般，可它却在礼贤中学的学生中有着无与伦比的人气。对于礼贤中学的学生来说，每天放学后来这里买一杯奶茶，"噗"的一声用吸管在杯子上扎一个洞，然后慢慢地品尝奶茶的香甜醇浓，大概是他们一天中仅有的能够放空自己的时刻。

古岩鸣站在吧台前，问洛景予要喝什么，下单后又转向纪然珂，不耐烦地问道："你呢？"

不等纪然珂开口，洛景予率先道："红豆奶茶，全糖少冰多珍珠。"

"哦。"古岩鸣答应一声向店员下单，留下纪然珂目瞪口呆。

洛景予竟然把她的喜好记得这样清楚。

也是，自己的第一杯奶茶还是他带自己喝的。初二那年，学校门口开了一家奶茶店，那时候大家还不太知道奶茶是什么，买的人也不多。奶茶店为了促销，搞了第二杯半价活动，买的人一下子多了起来，洛景予也要去凑热闹。

"你想喝什么？"洛景予问。

面对琳琅满目的饮品，纪然珂不知道该选什么，是洛景予说珍珠、布丁、红豆三种奶茶是这家店的招牌，在这三个里面选一定不会出错，她想也没想便选了红豆奶茶。

红豆奶茶果然像洛景予说的那样好喝。从那以后，红豆奶茶就成了她的最爱，是任何饮品都替代不了的。

“喂，快过来拿，你不会想让我给你端过去吧？”

纪然珂还在回忆里徜徉，古岩鸣刺耳的催促传了过来。他因为个子高，手也大得出奇，全队的奶茶都被他轻而易举的以各种方式拿在手里，除了她的红豆奶茶。

“知道了！”纪然珂应了一声，向吧台跑去。

她的红豆奶茶被摆在吧台上，透明的杯子装着焦糖色的液体，顶部像小山一样堆满了软糯诱人的红豆，据说，那是“相思”的象征。

纪然珂抬起手，忽然间，有人先她一步把那杯奶茶拿了起来，易维辰面无表情地说：“走吧。”

“谢谢。”纪然珂注意到易维辰的另一只手上拿着一杯透明的液体，里面既没有珍珠也没有椰果，她好奇地问，“你喝的是什么？”

“冰水。”易维辰回答。

“啊？”怎么会有人在奶茶店喝冰水？

纪然珂想起来了，易维辰为了把自己拉进篮球队，特意去火锅店找她，他点了一堆菜，却没有在热辣的火锅里涮着吃，而是生吃了几片菜叶。

望着易维辰高大挺拔的背影，纪然珂更加笃定了心中的想法，这个人是个彻头彻尾的怪人。

礼贤中学规矩极严，同学之间又格外疏离，大家上课忙着学习，下课忙着练球，都没什么时间聊天，现在好不容易聚在一起，很快便打开了话匣子。虽然纪然珂也很想加入进去，不过大家聊的都是男生喜欢的话题，她实在插不上话，只好专心致志地喝奶茶。

纪然珂发现，在场的人里面，有一个人也没把心思放在聊天上，这个人就是洛景予。

难道他有心事？

果然，到了家门口，纪然珂即将开门时，洛景予突然喊出她的小名："然然。"

"怎么了？"纪然珂回头。

"其实……"洛景予站在家门前，慢慢低下头。

刚才在体育馆的时候，纪然珂就感到一丝不对，现在看到洛景予这副样子，纪然珂更觉意外，她无法想象如阳光一样灿烂的洛景予会露出这样纠结的一面，仿佛是遇到了什么为难的事情，几次欲言又止。

"没关系，你想说什么就说吧。"纪然珂鼓励似的看着他。

洛景予长叹一声："其实你也不是一定要留在篮球队，我看得出来，你不喜欢篮球，也……也不适合打篮球。当然，如果你只是想在有空的时候随便玩玩的话也没什么，我也很乐意奉陪，可是篮球队……还是……"

纪然珂知道，对于洛景予来说，说出这句话需要多么大的勇气。没错，她不喜欢篮球也不适合打篮球，她那样坚持要留在篮球队只有一个原因，那就是因为……

可是，这些话又怎么说得出口。

纪然珂苦笑一下，装出无所谓的样子："谁说的，我特别喜欢篮球，乔比斯就是我的偶像。不是你说的吗，做事情不能半途而废，我一定会坚持下去的……”

“不。”洛景予打断她，“很多事情不是坚持下去就会有结果的，比如喜欢一个人，比如学习奥数，比如练习篮球。你知道吗？看到你总是因为投不进球而沮丧，看到你被别人讥讽嘲笑，看到你被易维辰训斥，我真的真的非常难受。”

洛景予说完，长长地吐出一口气。他终于把这些话说出来了。他性格温暾，不想让身边的人不开心，他从不否定别人，可是这次不一样，哪怕纪然珂会为此讨厌自己，他也要把这些话说出来。

“然然，听我的吧，努力很重要，天赋也很重要，就算你能练出一些成果，相较于你的付出，也是不值得的。”

“我……”纪然珂没想到洛景予会和她说这些。从小到大，她一直很听洛景予的话，他聪明睿智，从来不会出错，可是这一次，心中熊熊燃起的火苗让她迅速做出决定。

“不，我不会离开！”纪然珂坚定地说。

她上前一步，狠狠抓住洛景予的胳膊，迫不及待的样子似乎是要努力证明什么：“我知道你是为我好，可我并不是你说的那个样子。可惜易维辰去火锅店找我时你不在，他苦苦哀求我加入篮球队，还说我这是为篮球而生的手。对了，今天你也看到了，他不是当众说我是球队的秘密武器吗？你都看到了，对不对？”

“可是……”洛景予还想说什么，比如易维辰让她加入篮球队很可能只是为了凑人数，比如易维辰的话也不一定是真理。不过，他沉吟片刻后还是露出一个笑脸，“好吧，不管你做出什么决定，我都

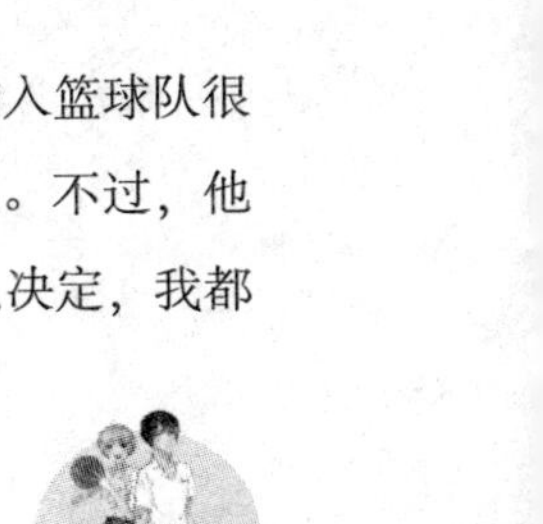

支持你。”

“谢谢。”纪然珂说。

洛景予微笑颔首，开门进去了。

纪然珂也打开了自己家的大门，然后在即将关门的刹那，她突然改了主意。

纪然珂从家里退出来，迅速朝楼下跑去，她没有去火锅店帮忙，而是转去礼贤中学的方向。

今天发生了太多事情。

她永远都忘不了那个“间谍”在听到她是秘密武器时不可抑制的笑声，还有洛景予，他拥有极高的智商，不管是数学还是篮球，他不用怎么努力就能获得常人无法企及的高度。可是他也不能因此否定努力的作用。

最重要的是，想到那天在火锅店的情景，她突然看清了一件事，易维辰要她练习投篮，也许不是为了惩罚她，而是真的把她当作秘密武器。试想，一个不被所有人看好的球员一定会成为对方防守的弱点，如果她能练好投篮，肯定会成为得分利器。

没错，易维辰需要她，球队需要她，她绝不能这么不负责任地离开。

纪然珂一口气跑到礼贤中学体育馆，她还没走进球场便听到了篮球撞地的声音。

纪然珂走进去一看，发现易维辰正带着篮球在篮下跑动，她惊诧地叫道：“你怎么在这里？”

易维辰也发现了她，他接住弹回来的篮球，习惯性地用右手夹在身侧，理所当然地说道：“我每个周六晚上都会来加训，你呢？你来干什么？”

“我也是来加训的。”纪然珂兴奋地说，“你不是说我是球队的秘密武器吗？”

易维辰一边把玩着手上的篮球，一边挑眉：“不会吧？你竟然当真了？”

“啊？”纪然珂不明所以地瞪大眼睛，像极了迷路的小兽。

易维辰漫不经心地解释：“秘密武器？那不过是骗人的话，对内这么说是为了激起队员的斗志，好让他们刻苦练习，对外这么说是为了迷惑对手，好让他们辨不清我们的虚实。你放心吧，我怎么也不可能把为球队赢下比赛的重任放在你的身上，那是我这个队长应该做的事情，至于你，随便练练就好。”

“原……原来是这样，怎么可能是这样……”听了易维辰的话，纪然珂一下子变得满脸通红，好像是在为自己的不自量力而感到羞愧。

易维辰根本没有多看她一眼，他轻轻一跃，用力一抛。

“天要黑了，你快回家吧。”易维辰在这边保持着投篮的姿势，另一边，篮球在空中划出一道弧线，稳稳地落入篮筐。

“我……”纪然珂张了张嘴，又无话可说。

真是的，她怎么这么傻，用脚趾想也知道她不可能是球队的秘密武器，她竟然……

几乎是在一瞬间，勉强支撑纪然珂没有倒下的支柱彻底崩塌了。她为了能见到洛景予加入篮球队，洛景予却劝她离开，她好不容易说服自己易维辰很看好她，易维辰却说那些话都是骗人的。

为什么，为什么会这样……

纪然珂眼眶热热的，眼底也酸酸的。她赶忙转过身，这才没有让易维辰看到她流泪的样子。

与此同时，有一个人也在骂她傻。

易维辰望着纪然珂离开的背影，无奈摇头：“傻瓜，手都酸得拿不住奶茶了还要练，真以为自己是铁打的？”

易维辰转回身，刚想继续带球上篮，发现鞋带开了。他蹲在地上整理鞋带，身后突然传来一阵脚步声，有人飞奔过来捡起他放在身边的篮球，朝着篮筐扔了出去。

因为手上力道不足，这一球依然没有投中。纪然珂并不气馁，她跑过去把球捡回来，继续向篮筐发起攻击。

易维辰挑眉道：“你怎么又回来了？”他以为纪然珂听到他的话，一定会乖乖回去休息。

纪然珂抱着篮球，一动不动地看着他：“你们一个个都说我不行，我偏要证明给你们看！”

她一句话说完，又把篮球扔了出去，这次力道更大，虽然还是没有投中，却比上次更接近篮筐。纪然珂还不放弃，继续捡，继续投，结果可想而知，一个都没有投中。

“呵……”站在一旁的易维辰不置可否地冷笑一声，转身走了。

“喂！有什么可笑的，我迟早会投进！”纪然珂倔强地大喊。

没想到不多一会儿，易维辰又回来了。

他的手上多了一样东西，远远地向纪然珂招手，说：“过来。”

纪然珂警惕地看他一眼，慢慢走过去。她发现易维辰手上的东西是一张膏药。她还没反应过来，胳膊一下子被易维辰拽了过去，他熟练地把膏药撕开贴在她的手腕上。

“嘶……”纪然珂低呼一声，蹙眉道，“你怎么知道我手腕疼？”

易维辰缓缓道：“我也是这么练过来的。”

纪然珂觉得，那一刻的体育馆特别安静，静得几乎可以听到彼此的呼吸声。

或许是因为满腹的委屈有了可以依靠的怀抱，或许是因为长久的压抑有了宣泄的出口，此时的纪然珂特别想哭，但她忍住了，因为她越发觉得这世间所有值得称道的成绩都不是白来的。

易维辰说，他小学时开始接触篮球，在野球场里和高年级的同学一起玩。别人嫌他年纪小、个子矮，不愿意带他，他就苦练投篮，练到手腕肿得像馒头。渐渐地，他投篮很准的名声传了出来，不管是谁拿到球，第一反应都是传给他。也正是因为这样，他更加不敢放松对投篮的练习，很长一段时间，他从手臂到手腕都酸得抬不起来。

“不过我还是比你厉害一些。”易维辰双手环胸，居高临下看着她，“至少我练习投篮的第一天就能有百分之二十的命中率，不像你，练这么多也没长进。”

纪然珂忍不住翻了个白眼，好啦好啦，她知道自己很笨，也不用一直强调这件事吧？

易维辰伸手一指："你在那半场我在这半场，你自己练自己的，不要打扰我。"

"知道了……"纪然珂闷闷地说。

很久以后，纪然珂都记得那张膏药贴在手腕上的感觉，味道怪怪的，并不怎么好闻，但贴上以后，手腕真的不痛了。

DIWUZHANG

第五章

糟糕！新同桌竟然是他

礼贤中学每隔一个月都会举行一次考试，考试形式完全仿照高考，让人不得不高度重视。除此之外，礼贤中学的老师们仿佛拥有特别的判卷技巧，大家甚至来不及在考试后放松一下，写着各科排名的成绩单便发下来了。

纪然珂看了看自己的成绩单，各科排名有升有降，总体还维持在原来的水平。

礼贤中学实行走班制，每名学生会根据自己在每科考试的排名进入不同的教学班。纪然珂的数学不错,这次考试后留在了数学一班，她环视一周，发现班级里少了一些旧脸孔，多了一些新脸孔。

要是在以前，她或许会迫不及待地和新同学打个招呼，不过礼贤中学不一样，同学们因为忙于学习都不怎么说话，每个人不是低头看书，就是拿着笔做题，根本顾不上身边坐着谁，考试后又去了哪里。

纪然珂轻叹一声收回目光，拿出课本预习今天要学习的内容。

突然间，一片阴影袭来，小山一样的人矗立在她的身侧，那人把数学课本扔在旁边的桌子上，愤恨地咒骂 :“怎么是你！”

咦？居然有人认识她？

纪然珂抬头一看,双颊一下变得惨白。她用同样夸张的声音喊道:“怎么是你？”纪然珂做梦都没有想到，这个人会成为她的新同桌！

古岩鸣觉得自己倒霉透了，先是月考迟到被监考老师大骂一顿，然后在考试中发挥失常，各科成绩都退步了十几名，只有数学排名上升了一些，谁知道这一上升竟然和纪然珂到了一个班，还成为抬头不见低头见的同桌！

不行，他才不要和这个变态坐在一起。

古岩鸣刚想和后面的同学换个座位，数学老师进来了。

后面的同学不悦地开口 :“喂，你能不能赶快坐下，挡着我看黑板了，真是的，怎么坐下还这么高，你们两个，低一点儿。”

“哼……”古岩鸣轻哼一声，和纪然珂一起弯了弯腰。

这是古岩鸣第一次到数学一班学习，不过几分钟，他便感受到了前所未有的压力。

能进这个班级学习的学生都是这一科的佼佼者，大家基础好接受快，举一反三的能力特别强，老师在授课时也会加快速度，经常说的话是“答案是 ××，原因大家都知道”“这道题要这样做，不能那样做，具体步骤不说了”“这几道题考察了同一个知识点，我只讲第一道题”……

老师说得理所当然，大家也都习以为常，只有古岩鸣一脸茫然，别人一下子就能懂的事情，他想半天也想不明白，等他好不容易把

这道题理解了，老师已经把整张卷子讲完了。

古岩鸣快要气哭了。

这要是在以前，他大概会厚着脸皮向同桌请教请教，可是现在，他看都不想看那个变态一眼。

其实这么说也不对，上课铃响后，他没少偷偷观察他的同桌。

印象里，纪然珂特别笨，之前有一段时间，易维辰说“他”是球队的秘密武器，每天单独指导“他”投篮，结果呢？一直到现在，“他”还是一个球都没有投进。

可是，这里的纪然珂好像不太一样，“他”自信专注、沉稳机敏，面对老师的提问，“他”总是能在第一时间给出反应。

这不，老师刚刚在黑板上写下题目，纪然珂已经开始在草稿纸上写写画画。

“不会吧，这么快就有了思路？”

“别是拿着笔画圈圈吓唬人。”

“天哪，真的在解题，字还挺好看。”

“为什么要这么做，我怎么看不懂。”

“肯定是错的，不信我们走着瞧。”

古岩鸣抻长脖子，一边看纪然珂解题，一边腹诽。

不多一会儿，老师提议请一位同学讲一讲自己的解题步骤。古岩鸣趁机指向纪然珂，大声说道：“老师，‘他’会。”

“是吗？”老师的目光在纪然珂身上一转，继而落在古岩鸣身上，“你来讲讲吧。”

“啊？”古岩鸣惊诧地低呼一声，他刚刚只顾着看纪然珂，根本没有想过这道题该怎么做。古岩鸣一下子慌了神，“我……”

“怎么，你不会？”老师看着他。

“我……”古岩鸣刚想说什么，突然间，他的裤腿被人拽了拽，紧接着，一旁的纪然珂把自己的草稿纸往他这边挪了挪。

“咳……”纪然珂咳嗽一声，好像是在暗示什么。古岩鸣明白，纪然珂的意思是要自己把“他”写的解题步骤当作自己的，当众讲出来。

“他”把自己当什么人了？这不是作弊吗？会就是会，不会就是不会，他怎么能做出这种欺瞒的事情。

纪然珂快要急死了，见古岩鸣不说话，她又把草稿纸往那边推了推，咳嗽声也更大了。

古岩鸣依旧不理纪然珂，他索性向老师坦白：“老师，我不会。”

数学老师微微蹙眉：“这么简单都不会，你有没有听课？你站着听课吧。对了，站到最后去，不要挡住别人。”

古岩鸣二话不说，拿起课本朝教室后部走去。

“喂……”纪然珂望着他的背影，又是生气又是惋惜，这个人怎么这样，答案都摆在面前了，就是不说。

下课铃一响，同学们争先恐后收拾东西准备赶往下一个教室，只有纪然珂慢吞吞的，似乎是在等什么人。

见古岩鸣回来了，她把写满字的纸递给他：“给你，后半节课的笔记。”意识到他站在后面不方便写字，她特意帮他写了一份。

古岩鸣看也没看：“我不要。”

“那就帮我扔了吧。”纪然珂无所谓地说，接着抱起书本头也不回地离开了。

纪然珂这是什么意思？难道他不敢吗？扔就扔！

古岩鸣拿起那张纸，想要揉成纸团扔掉，然而只是一眼，他便再也移不开目光了。纪然珂的字不错自己是知道的，但是“他”的笔记不仅仅字迹工整，不大的一张纸还被“他”分为几个部分，每个部分又用不同颜色的笔标注出关键信息，一眼扫去，条理分明。古岩鸣第一次知道，原来笔记还可以这样做。

不知怎么，他的脑海里突然闪现出纪然珂从女洗手间出来的样子，他禁不住打了个冷战，低声咒骂：“一个男生做笔记做得这么细心，果然是变态。”

纪然珂抱着书本走下楼，到了二楼拐进连廊向实验楼走去。

下节课是化学课，按照计划要在实验室做实验。

纪然珂的化学成绩不太好，所以被分到了化学二班，之前的同桌是一个留着长发的女生，也不知道这次还是不是她。

纪然珂一边想着一边走上楼梯，余光一瞥刚好看到走在后面的古岩鸣。她当即转过身，居高临下看着他：“你跟着我干什么，哦……”她想到一种可能，随即摆出一副不在意的模样，“笔记而已，你不用放在心上，就当是你请我喝奶茶的谢礼。”

古岩鸣一脸莫名，他没好气地回道：“谁跟着你了，我是来上化学课的。”

原来他不是要追上自己感谢自己给他记笔记？纪然珂骤然一窘，不好意思地问：“你也在化学二班？”

当古岩鸣听到“也”字的时候，就好像被一道闪电击中一样，他觉得自己真够倒霉的，怎么又和这个变态在一个班。

“怎么了，不行吗？”古岩鸣恶狠狠地回道，接着大步流星走上楼梯，粗壮的身躯差点儿撞到纪然珂。其实他的化学成绩一向不错，都怪这次考试发挥失常才落到了二班，他发誓，下次月考一定全力以赴，彻底把这个人甩开。

“唉……”望着古岩鸣的背影，纪然珂微不可闻地叹息一声，同一个班就同一班吧，只要不是同桌就好。

穿过一段走廊后，两人一前一后走进实验室，化学二班的同学已经到齐了，大家不是在看书就是在准备实验器材，偌大的实验室只有一张实验台没有人。

面对这一幕，两人同时变得脸色惨白——

“不会吧，又是和你同桌？”

同时有两门课的排名连在一起，说起来还真有“缘分”，不过古岩鸣一想到和自己有“缘分”的人是个变态，他就觉得恶心。

实验开始了，纪然珂一边做实验一边问古岩鸣：“你有看到滤纸吗？帮我拿一下小刀。你快看，钠在接触空气后真的会变暗。”

几次之后，纪然珂终于发现了不对劲，不管她是找古岩鸣帮忙还是让他观察实验效果，他都像没听见一样，抱着双手站在一边就是不理她。

算了，不理就不理吧。

古岩鸣确实想一节课都不理纪然珂，可是没过十分钟他就看不下去了，那个在数学课上聪颖机敏的纪然珂不见了，取而代之的是一个慌慌张张毛手毛脚的小傻瓜，仿佛那个在篮球场上什么都不行的纪然珂又回来了。

这么简单的实验，纪然珂一会儿找不到东西，一会儿弄错了步骤，一会儿手忙脚乱打碎了烧杯，一会儿拿着火柴哇哇大叫非说那玩意儿马上就要烧到自己的手。

忍无可忍的古岩鸣冲纪然珂摆手，大义凛然道："让开，我来。"

"啊？哦……"已经被实验折磨得满头是汗的纪然珂赶忙让开。

古岩鸣先是把散落在实验台上的各种实验器材按照老师的要求组装好，接着把液体装入试管，又用滴管小心加入了一些试剂，然后拿出一根火柴，"唰"的一声划着后点燃酒精灯，开始对试管中的液体进行加热。

"愣着干什么，准备记实验结论。"古岩鸣冷声道。

"啊？哦！"已经看呆的纪然珂这才回过神，手忙脚乱地找出纸笔。

她简直不敢相信自己的眼睛，那些在自己手中不听话的小东西到了古岩鸣麾下通通变得像小兔子一样温顺，更加不可思议的是，古岩鸣的动作娴熟优雅，根本不像是在做实验，倒像是在完成一场万人瞩目的表演。

纪然珂环顾四周，发现绝大部分同学还在埋头和那些实验器材奋战，他们这边虽然起步比较晚，可还是抢先完成了。

当然，这一切都要归功于古岩鸣，如果没有他，自己怕是永远被困在点燃酒精灯那一步了。

化学课是今天的最后一节课，下课铃响起，同学们纷纷收拾东西准备回家。古岩鸣也不例外，他抱起书本向教室门口走去，好巧不巧，刚好听到纪然珂和化学老师的对话。

纪然珂在做实验时打碎了一个烧杯，按照规定，她需要买一个新的烧杯赔偿给学校。纪然珂向老师询问在哪里可以买到烧杯。

“裕华路附近有一家教具店，你可以去看一看。”

“谢谢老师。”

纪然珂笑着向老师道谢，古岩鸣却怎么也笑不出来。

“裕华路。”如果他没有记错的话，唯实中学也在那条路上，纪然珂去那里买烧杯，会不会碰上唯实中学的人，尤其是那个宋乾坤，听说那个人脾气特别坏，做事也极其嚣张，动不动就要给别人“好看”，要是纪然珂碰到了对方，会不会……

“啪啪！”古岩鸣用力拍了拍自己的脑袋，他什么时候变得这么爱管闲事，纪然珂会遇到什么和他有什么关系，他还是管好他自己吧。

易维辰远远看到古岩鸣就发现他不太对劲。古岩鸣像个没长大的孩子，做事大大咧咧、毫无城府，但凡有什么心事都会写在脸上。他是遇到了什么难事吗？步履沉重，眉头紧锁，连自己在这边叫他都没有听到。

“喂，在想什么？”易维辰走到古岩鸣面前，伸手在他眼前晃了晃。

“啊？”古岩鸣低呼一声，连忙向易维辰问好，“没……没什么……”

易维辰不信：“你知不知道你撒谎的时候会脸红。”

“啊？”古岩鸣又一次失神了，他的脑海中不断上演着纪然珂被宋乾坤刁难的样子。那个人那么笨，怎么可能是宋乾坤的对手？

不行！

他和纪然珂的账还没算完，“他”绝对不能在这个时候出事。想到这里，古岩鸣猛然抓住易维辰的胳膊：“纪然珂去裕华路买烧杯，我怕‘他’会遇到……”不等他把话说完，易维辰已经挣脱他的手，转身向校门跑去。

纪然珂很少来这边，只知道唯实中学好像在这附近，至于教具店在哪里，她并不清楚。

她从街口开始一家一家地仔细寻找，生怕一个不留神错过了自己要找的店铺。

“到底在哪儿呢？啊……”纪然珂只顾着找店铺，没注意前面来了一群人，一不小心撞在了其中一个男生身上。

纪然珂自认为自己个子已经很高了，这人比她还要高上一头。他好像爆竹一样一下子被点燃了，指着纪然珂骂道：“你怎么回事？”

“对不起，我不是故意的。”

那些人哪管这些，他们迅速围拢过来，争先恐后地叫嚣。

纪然珂发现这些人的个子都很高，被他们围在中央，好像被关进了笼子。一个念头在她脑中闪过，难道他们是唯实中学篮球队的？

果然，其中一人冲纪然珂喊道："篮球队的人你也敢撞！你叫什么名字？哪个班的？"

"我……"纪然珂从小到大一直是众人眼中的乖乖女，哪里见过这种阵仗，她吓得浑身颤抖，想要逃跑却无路可退。

那些人中很快有人认出她："等一下，这个人好像是礼贤中学篮球队的。"

"礼贤中学篮球队的？那可是队长的死对头。"

"你来这里干什么？快说！"

这下糟了，纪然珂在心中哀号。她刚要说出宋乾坤是她表哥，突如其来的喊声好像一声惊雷制止了这边的吵闹："放开她！"

众人回头，一个面目清冷的男生映入眼帘。他们当中有人认出了他，慌慌张张地对同伴说："好像是易维辰。"

"他怎么来了？"一听到易维辰的名字，那些人一下没了刚才的嚣张气焰，因为不管怎么说，易维辰都是被职业队教练看中的人，是他们无论如何都比不了的。他们虽然目中无人惯了，可是对于在篮球上比他们厉害的人，还是要礼让三分的。

纪然珂同样不明白易维辰为什么会来这里，她依旧维持着双手抱头的姿势，呆呆地看着他。

易维辰朝纪然珂招手，说："过来。"

"哦。"纪然珂反应过来，像小鱼似的见缝插针溜到易维辰身边。

那些人向易维辰赔着笑脸，吊儿郎当地说道："你别误会，我们可没欺负'他'，是'他'自己撞在我身上，我这里现在还痛得要死呢。"

纪然珂刚想说话，易维辰朝她使了个眼色，示意她把这件事交给自己。

易维辰向前一步，不疾不徐地说道："原来是这样，我代她向你说声对不起。当然，如果只是道歉的话，那就太没诚意了。既然你伤得这么严重，不如我带你去医院检查一下吧，什么血常规、尿常规、心电图、胃镜、肠镜都来一遍，对了，还有骨髓穿刺。骨髓穿刺你知道吗，就是用这么长的针扎进你的骨头里抽取骨髓。"

在场的人听到这里，情不自禁打了个寒噤，被纪然珂撞到的那个人更是吓得面如土色。

与此同时，易维辰却做出疑惑的模样："你这是什么表情？哦……"他淡然一笑，漫不经心地说，"你不用担心钱，这都是我们应该做的。"

"我……"那人扁了扁嘴，一副快要哭出来的样子，他不会真的被拉去做什么骨髓穿刺吧。

"想拉我的队员做身体检查，先问问我同不同意！"

喧闹的大街上，突然传来一个男生恣意张扬的声音，即便没有看到那个人的样貌，也能想象到他飞扬跋扈不可一世的样子。

几乎是在同时，唯实中学篮球队的队员们个个喜上眉梢，他们齐刷刷让开一条通道，又齐刷刷向那人鞠躬问好："队长好！"

宋乾坤向众人摆了摆手，接着向易维辰扬了扬下巴，质问道："你想干什么？"

"我想干什么？你不如问问你的队员们想干什么。"易维辰面无表情地说道。

有人凑上来向宋乾坤说了事情经过，当然，他们把如何欺负纪然珂这一段刻意忽略了，重点强调了一下易维辰是怎么“恐吓”他们的，还添油加醋地说易维辰会这么做说明他根本没把宋乾坤放在眼里。

宋乾坤哪能受这种气，他狠狠啐了一口，指着易维辰大骂：“好啊你，你要是对我有什么不满就冲我来，吓唬我的队员算什么本事？还检查身体？你该不会是想趁这个机会加害我的队员吧？”

“不是这样的……”纪然珂刚刚向前一步，却被易维辰拦了下来。

他习惯性地挡在纪然珂身前，向宋乾坤解释：“你误会了，是他自己说被撞到后痛得要死，我怕他有什么事，所以提出来带他去医院检查一下，有什么问题吗？”

宋乾坤才不管那些，他朝着易维辰张牙舞爪，无比狂妄地大喊：“有问题！我说有问题就有问题！”

易维辰和宋乾坤是老相识，他熟知宋乾坤的脾气，这种人你越和他纠缠他越是得意，在这个时候，不理他才是平息战火的最好办法。

“无理取闹。”易维辰再不想和他纠缠，拉上纪然珂的胳膊准备离开。

宋乾坤却在这时冲了上来：“等一下！”

易维辰挑眉：“还有什么事吗？”

宋乾坤眼珠一转：“今天你欺负了我的队员，按道理来说我绝不能就这么算了，不过我们打篮球的人，有什么恩怨都会在球场上解决。

这样吧，肯麦麦汉堡店主办了一场面向高中生的三对三篮球赛，下个月开始比赛，我们已经报名了。你不是在礼贤中学组建了篮球队吗？你也来参加，到时候我们一决高下，不管谁赢谁输，过去的事情都可以一笔勾销。”

“没兴趣。”易维辰想也没想便回绝了。

宋乾坤不依不饶地挡在他身前，用手推着易维辰的胸口：“喂喂喂，你不会是不敢吧？”

唯实中学篮球队的队员们顿时爆发出一阵笑声：“那还用说，肯定是不敢。啧啧啧，就这样还要参加官方主办的高中篮球联赛，还是别去丢人了。”

与此同时，易维辰的眉头一紧，似乎是想到了什么。礼贤中学篮球队训练了这么长时间，还没有参加过一场正式的比赛，想要在篮球联赛中夺冠，比赛经验是必不可少的。

想到这里，易维辰淡然开口：“我同意了，下个月，赛场见。”易维辰一边说着，一边朝宋乾坤伸出手掌。

这是订立约定时的习惯动作，当另一人的手握上去便意味着约定成立，再无更改。宋乾坤的手是握住了易维辰的手，可他心里却止不住地打鼓，虽然说礼贤中学篮球队刚刚起步，可是易维辰的实力实在不容小觑，在三对三篮球赛中，他以一敌三也不是不可能的。

他们，能赢吗？

易维辰离开后，唯实中学篮球队的队员们迫不及待地开始吹捧宋乾坤：

“队长，你太厉害了，三言两语就把易维辰吓跑了。”

“他竟然敢答应参加比赛，到时候一定让他哭着求饶。”

“就是，还什么被职业队教练……”那人说到一半，赶忙捂上嘴。该死，他怎么又忘了，宋乾坤最听不得别人提易维辰被职业队教练看中的事情。

果然，下一秒钟，凶神恶煞似的宋乾坤已经转了过来，恶狠狠地盯着他：“你说易维辰旁边那个人故意撞了你，然后呢？你对她做了什么？”

原来是为了这件事。那人劫后余生般长出一口气，嘻嘻哈哈地说道：“也没什么，就是大声说话吓唬吓唬‘他’，不是您说的吗，不管是打篮球还是吵架，最重要的是要有气势……”

“什么也不许！”宋乾坤仿佛一头暴怒的狮子，骤然呵斥。他太了解他的这帮队员了，他们怎么可能只是大声说话这么简单，说不定还对纪然珂动手动脚……他虽然不太喜欢这个表妹，那也不能让她随便被人欺负。

宋乾坤冷着一张脸，警告自己的队员：“你们都给我记住，以后见到纪然珂，就是易维辰旁边那个又呆又傻的小队员都给我躲远点儿，实在没办法躲开也给我客客气气的，谁要是敢大声对她说话，别怪我不客气。听到没有！”

“听到了。”

众人点头如捣蒜，生怕宋乾坤一个不高兴把气撒到他们身上。不过这真是太奇怪了，宋乾坤是什么人？是没事也会找事的人，不

管是谁，只要让他不高兴了，他就会十倍百倍地还回去，可是现在，他却为一个不相干的人教训他们，不，也不是不相干的人，而是他的死对头——易维辰的人。

这就更奇怪了，那个嫉恶如仇恨屋及乌的宋乾坤什么时候变得这么宽容大度？

同样奇怪的还有纪然珂，她亦步亦趋跟在易维辰身后，问道："怎么这么巧，你为什么会来这里？你家在这边吗？对了，你以前是唯实中学的，你是来见老朋友吗？有没有见到？"

正在这时，走在前面的易维辰突然停下脚步，害得纪然珂差点儿撞上去。

纪然珂注意到他的脸色不太好，她猛然意识到是不是自己太八卦了，絮絮叨叨地问了这么多问题惹得他不高兴了。

谁知道易维辰沉吟片刻，对纪然珂说了一声："对不起。"

"啊？"纪然珂不明白他为什么道歉。

"是我连累了你。"易维辰说。一想到刚才的情形，他就忍不住后怕，如果他不是恰巧遇到古岩鸣，如果他晚来一会儿，很难想象纪然珂会遇到什么，要是纪然珂因此出了什么事，他大概一辈子都不会原谅自己。

"那个……其实我很想知道，宋乾坤为什么那么讨厌你？"纪然珂问。

易维辰想了想，淡淡道："也许是因为我比他优秀。"

"噗……"纪然珂一时没忍住笑了出来。

易维辰不悦地挑眉：“笑什么？”

“没有，没有。”纪然珂立刻收敛笑容，嘴角还是因为想笑而不住地抽搐着。

天哪，怎么会有这种人，直言不讳地说别人讨厌他是因为他太优秀，还好没让表哥听到，不然表哥一定会被气疯的。

“其实被这样一个人针对也没什么不好。”易维辰轻叹一声，“他就像一只不知道什么时候会出现的老虎，让你不得不训练出更快的速度，好在和他的较量中跑得更远。”

“也对……”纪然珂若有所思地点头，也许一个好的对手和好的队友一样重要。

两人继续向前走，直到在一个路口停下。

马路上车来车往，纪然珂一眼看到马路对面站着一个人，他戴着眼镜，穿着格子衬衫，正是许久不见的洛景予。因为竞赛班那边比较忙，他在篮球队的训练也时断时续。

纪然珂刚想和他打个招呼，猛然抬起的手又缓缓落了下去。

洛景予身边站着一群人，大家年纪相仿，有说有笑，但是她一个都不认识。洛景予认识的人她却不认识，这在以前是绝对没有的。

那些人应该是洛景予在竞赛班的同学吧？他们每天在一起，又学着同样的东西，当然有说不完的话，就像他们当年一样。难怪她和洛景予在回家的路上聊天时总会出现空白，不是他说的自己插不上话，就是自己说的对方听不懂。

见她一直盯着对面看，易维辰的目光在两人身上一转，漫不经

心地问：“你喜欢他？”

“怎么可能！”纪然珂大声反驳。

易维辰嘴角微微扬起，慢条斯理地说：“你否认也没有用，你的眼睛早就出卖了你。”

纪然珂看向他：“有那么明显吗？”

不算太明显，但他还是看出来了，或者也算不上喜欢，只是和看别人的眼神不太一样。

易维辰抱起双臂，一本正经地说：“洛景予旁边那个女孩子应该是他在竞赛班的同学，一个女生长得漂亮又这么聪明，你对她有好感也是正常的。”

“啊？”纪然珂这才反应过来，他所谓喜欢的人并不是洛景予而是站在洛景予旁边的女生。也对，在易维辰眼中自己是个男生，怎么可能喜欢洛景予。

纪然珂又看了那个女生一眼，她比洛景予矮了不少，也比自己低一些，可正因如此，她可以穿上尖领波点透着几分可爱俏皮的连衣裙，再加上垂在胸前的黑色长发，在人群中显得格外耀眼。洛景予也在看着她，他一直在听那个女生说着什么，所以才没有注意到马路对面的他们。

绿灯即将亮起，纪然珂想，洛景予过来后一定会看到她，他会怎样向自己的同学们介绍她呢？说她是成绩平平的同学，还是篮球队里什么都不行的队友。

3，2，1……

纪然珂在绿灯亮起的刹那转了个身，拉着易维辰冲向旁边的便利店：“我请你吃冰激凌。”

易维辰想也没想：“我不吃甜的。”

这话听上去有些熟悉。

纪然珂想起来了，易维辰在火锅店的时候说过他不吃辣，不吃辣已经很奇怪了，没想到他连甜的也不吃。

她刚想说一句不吃算了，他可以看着她吃，易维辰却在这时匆忙改口：“不过今天可以破例。”

纪然珂狐疑地看了他一眼，找店员下单去了。

易维辰也不明白自己为什么会改口，大概是因为某个人还没来得及恋爱便失恋了，如果再没人陪她吃冰激凌，那真是太可怜了。

易维辰不仅为纪然珂改变了口味，还为她改变了训练方式。

这天在体育馆，纪然珂连续投篮五百个都没有投中一个，易维辰说：“不如这样吧，你闭上眼睛投一个。”

“啊？”纪然珂低呼一声，一时分不清易维辰是不是在讽刺她。

“你既然能脑后抓球，说不定也能闭眼投篮，试试吧。”

其他人听到易维辰的提议，一起鼓励纪然珂试一试，唯独古岩鸣抱起双手，一副看好戏的样子。

“呵……”古岩鸣在心里冷笑，睁着眼睛都投不进，闭上眼睛投？怎么可能！

虽然古岩鸣坚定地认为纪然珂根本不可能投进，不过他还是在纪然珂准备投篮时放下双臂，屏息凝视。

纪然珂闭上眼睛，右手托球，左手扶球，手肘收了一些，手肘、手腕、肩每个部位都呈现出九十度……

纪然珂仔细回忆着易维辰讲过的投篮要领，随着全身力量汇集到双手上，篮球出手了！

不用等篮球落地，古岩鸣就断定这个球肯定进不了。

“呵……”古岩鸣不屑地撇嘴，他就说不可能投进吧，易维辰还让纪然珂试？真是浪费时间。

然而，出乎意料的一幕出现了。

当篮球在空中划过后，易维辰惊呼一声奋力鼓掌，其他人也跟着呐喊：“进了进了，纪然珂，你太厉害了！”

古岩鸣不明所以。这是什么情况？篮球明明在距离篮板几米的地方落地了，这群人怎么睁着眼睛说瞎话，演得跟真的似的，到底是他们瞎了还是自己瞎了？

“喂，你们……”古岩鸣刚想说什么，却见不远处的易维辰朝他摇了摇头。

好吧好吧。

古岩鸣瞬间明白过来，原来这是易维辰精心准备的戏码，为的是给纪然珂一些信心。既然这样，他就不扫兴了。

想到这里，古岩鸣十分敷衍地鼓了鼓掌，又有气无力地和众人一起喊道：“哇，好棒，好厉害……呕……”

不得不说，这出戏还是很有效果的。那天，自认为闭着眼睛都能投进的纪然珂再也不惧怕投篮了，她的训练热情格外高涨，后来还真让她投进了几个。

看着纪然珂兴奋不已的样子，古岩鸣突然想起一件事。有一个人对他说，他能考到数学一班说明他的能力没问题，暂时跟不上教学进度只是因为他还不适应数学一班的授课模式，相信过不了多久，他就能和数学一班的同学们一样优秀，甚至比他们更强。

古岩鸣记得，那个人对他说这些话时，外面的阳光正好，有一只小鸟在窗边飞过，刚好在那人清秀的面庞上投下一片阴影。对他说这些话的人不是别人，正是那个又呆又傻又让人讨厌的纪然珂。

DILIUZHANG

第六章

可怕！首秀对阵篮球流氓

纪然珂又走神了！

化学课上，老师正在讲解用小苏打治疗胃酸过多的原理，纪然珂却在盘算着投篮时的技术动作。

下个月就是三对三篮球赛了，她非常希望可以在比赛中帮助球队得分，虽然她水平一般，到时候只能作为替补上场打几分钟，可是只要有上场的机会，她就要好好表现。

终于，她异常亢奋的眼神和时不时扭来扭去的身体引起了老师的注意。

化学老师推了推眼镜："72号，说一下小苏打和胃酸反应的方程式。"

"啊？"纪然珂没料到老师会叫到自己，她慌慌张张地站起来，一脸茫然。老师让她说方程式，可是小苏打是什么？胃酸又是什么？

"嗯……"面对老师的提问，纪然珂一会儿挠挠头，一会儿抿抿嘴。一分钟过去了，纪然珂一个字都没有说出来。

"笨蛋。"一旁的古岩鸣低声咒骂一句，拿起笔在纸上写了什么。

他把字条递给纪然珂，“就是这个，快说吧。”

纪然珂看了一眼，小声对老师说：“我……我不知道。”

化学老师摇了摇头，不悦地开口：“那就站到后面去吧。”

“是。”

这还是纪然珂长这么大第一次被罚站，虽然她站在最后，根本没什么人会注意到她，可她还是像被无数人盯着一样，羞愧得红了脸。

“下次千万不能走神了。”纪然珂对自己说。

下课铃响起，同学们迅速收拾东西赶往下一个教室，纪然珂也拿上自己的东西准备离开。

正在这时，不知道从哪里冲出来一个人倏地挡在她的身前。那人像小山似的，带着数不尽的怨气，好像一只巨大的气球，一戳就爆。

古岩鸣一动不动地盯着纪然珂，冷声质问：“你为什么不说？”

“说……说什么？”

古岩鸣抱起双臂，眼睛瞪得圆圆的：“我已经把答案放在你面前，你为什么不说？”

他承认他是看不惯纪然珂，甚至有点讨厌纪然珂，可是他也懂得恩怨分明，知恩图报。纪然珂曾经在数学课上给他递过答案，他不想欠她的人情，所以在化学课上也会尽己所能帮她一把。谁知道她竟然不领情，宁愿被罚站都不把他给她的答案说出来。

原来是为了这件事。

纪然珂咬着嘴唇，小声说：“我怎么敢？”

“你这是什么意思？”古岩鸣不明白。

还能有什么意思？纪然珂抬头看向他，毫不避讳地将自己的顾虑和盘托出：“谁知道你的答案是真是假？”

从第一次见面开始，古岩鸣就对她充满敌意，不是让易维辰把她赶出篮球队，就是说她这不行那不行，他只要有机会就会对她冷嘲热讽一番，就连上次她投进了篮球，他也要故意做个呕吐的动作挖苦她，她还怎么敢相信他？

“你！”纪然珂这是什么意思？难道自己会拿个假答案故意害“他”在老师同学面前出丑？拜托，“他”回答不出问题已经很让人笑话了好吗？真是好心当成驴肝肺！

古岩鸣怒不可遏，不过一瞬，他又笑了出来：“你可真笨，连答案是真是假都分不清，笨蛋！笨蛋！笨蛋！”

也不知道怎么了，古岩鸣孩子气的一连骂了三个笨蛋，他在说这些话时，浑身颤抖，似嗔似怨，好像受了天大的委屈。

古岩鸣快要难受死了，他好不容易愿意放下成见帮纪然珂回答问题，谁知道纪然珂不但不领情，还把他当成落井下石的小人。

真没想到，自己在纪然珂心里竟然是这副模样！

整整一天，古岩鸣都沉浸在这种情绪中无法自拔。他在心里暗暗发誓，从此以后，他再也不理纪然珂了！对，再也不理“他”！哪怕“他”求自己都不理“他”！

古岩鸣说到做到。

周六下午，礼贤中学篮球队的队员们照例在体育馆集合，古岩

鸣一一和队员们打招呼，轮到纪然珂时却故意偏过头，好像把“他”当空气一样视而不见。

算了，纪然珂已经习惯了古岩鸣对自己的态度，要是有一天他热情地和自己打招呼，她反倒会怀疑他是不是有什么阴谋。

可是他在打球的时候也这样就太过分了吧。

三对三篮球赛马上就要开始了，球队已经结束了基础训练进入模拟球赛阶段，以便提升大家的团队协作能力。

在比赛中，大家密切配合，相互帮助，只有古岩鸣例外，他明明看到纪然珂在篮下却不把球传给她，他明明看到有人扑过来抢她手里的篮球却不上去防守。她不断朝古岩鸣使眼色、做手势，甚至不顾对手在场大声喊话，可古岩鸣仿佛聋了一样，就是不理她。

训练结束，易维辰针对每个人存在的问题进行点评，他说古岩鸣球技不错，只是在细节处理上还有待改进：“打篮球需要的不只是技术，还有球商（打球的智慧），在恰当的时候选择合理的技术动作往往能起到事半功倍的效果，相信随着比赛经验的增长，你在这一方面也会有所进益。”

易维辰说完，又转向纪然珂。他说话前先叹了口气，仿佛是遇到了什么为难的事情。他沉吟片刻终于下定决心，郑重其事道：“我考虑过了，下个月的三对三篮球赛……你还是不要参加了。”

“什么？”纪然珂还以为自己的问题比较多，一时之间不知道该从何说起，她万万没想到易维辰会直接说出不让她参加篮球赛。难道在他的眼里，她连做个替补球员的资格都没有吗？

纪然珂不甘心，她上前几步追问道：“为什么？”

“呵……”古岩鸣在这时冷笑一声，阴阳怪气地说，“那还用说吗？运球经常运丢，投球经常不进，让你上场有什么用，还好意思问，真是自取其辱。”

“你……”纪然珂回头看了古岩鸣一眼，这个人为什么总是针对她！她顾不上和古岩鸣理论，迫不及待地转向易维辰。她想告诉易维辰，她会打成这样有一部分原因是因为古岩鸣有意为难她，不然她可以发挥得更好。

然而，易维辰并没有给她解释的机会。事实上，场上什么情况他已经看得一清二楚，现在这个结果，也是他深思熟虑后的判断。

易维辰不着痕迹地将纪然珂抓着自己胳膊的手推开，面无表情地说道：“身为队长，我有我的考虑，希望你能理解。”

纪然珂无语。

如果不能参加比赛，这些天的刻苦训练又有什么意义？

确定自己无缘篮球赛后，纪然珂不仅训练的时候提不起精神，上课时也忍不住唉声叹气。

与此同时，她开始认真思考退出篮球队的可能性。

她本来就不喜欢篮球，现在练了一段时间虽然没以前那么讨厌了，但也谈不上喜欢。再加上学业紧张，打篮球势必会分走一些学习的时间。说实话，她能坚持到现在已经是个奇迹，如果不是她拼着一口气想要向其他人证明自己，她或许早就离开了。

纪然珂矛盾极了，她一会儿觉得自己应该当机立断离开篮球队，

一会儿又觉得或许易维辰真的有什么苦衷。

她想起来了，易维辰在说出她不能参加篮球赛时是那样为难，那样欲言又止，好像有什么话想对她说，又因为一些原因开不了口。

易维辰真是太奇怪了，他总说自己笨，却一直没有放弃自己，他不厌其烦地指导自己投篮，却不让自己参加比赛。纪然珂觉得，易维辰仿佛是天上的星星，忽明忽暗，让人捉摸不透。

纪然珂始终无法下定决心，几天过去了，她吃不下饭，睡不着觉，每天都在为这件事情心烦。万般无奈下，她想找个无关的人说一说自己的处境，好让别人帮忙分析分析，可是举目四望，教室里的同学们不是在背书就是在做作业，谁会放下学习听她诉苦呢？

最后一节课的下课铃响起，同学们立刻收拾东西准备离开，然而这一次，原本恨不得每分每秒都在学习的礼贤中学学生们竟然停下脚步，冲着一个人大声尖叫。

消息很快传开，整个学校都沸腾了。

“啊！是洛景予，洛景予！”

“天哪！他就是洛景予！以前只听过名字，今天终于见到真人了！我真是太幸福了！”

人群中，还有人激动得流下眼泪：“嘤嘤嘤，我当初下定决心考礼贤中学就是为了能见他一面，谁知道他根本不在学校上课，还好今天见到了，真是老天有眼啊！”

洛景予没料到自己的到来会造成这么大的反响，面对疯狂尖叫的人群，他好脾气地和大家笑着，有人要求握手也不拒绝，还贴心地提醒大家小心一些，别发生什么意外。

“哇！他对我笑了！我要昏过去了！”

“我才应该昏过去吧，我握到他的手了，下次考试一定能拿满分！”

一听到有人说握到学霸的手可以拿满分，大家争先恐后地伸出手，都想趁这个机会沾沾学霸的喜气。

然而刚刚还“来者不拒”的洛景予突然变了脸色，他婉拒了握手的要求，对挡在前面的人说：“不好意思，可不可以让一下。”

洛景予从人群中挤出来，冲到一个人面前。

“然然！”洛景予唤了一声，唇边挂着无比温柔的笑容。

纪然珂看到他怔了怔，不明白他为什么会出现在这里。

经历了之前的种种，纪然珂已经对两人的关系有了新的认识，他们曾经亲密无间，以后也会是非常要好的朋友，只是随着时间的推移，两个人注定会有各自的生活、各自的圈子和各自的情感，她也该从对洛景予的依赖中走出来，加倍努力过好自己的生活，希望有一天可以让洛景予充满自豪地把她介绍给他的朋友们。

她终于可以坦然面对洛景予关切的目光，微笑着问：“你怎么来了？”

“接你训练啊。”洛景予说，唇边的笑容更深了。

“训练？”纪然珂撇了撇嘴，“你又不是不知道，易维辰都不让我参加比赛，还有什么好训练的。”

“你说奇怪不奇怪，就是他让我来接你去训练的。”为了备战即

将到来的三对三篮球赛，易维辰决定每周一三五下午放学后加练一小时，今天是周一，是第一次加训，易维辰特意嘱咐洛景予，让他叫上纪然珂一起来。

纪然珂皱眉，不知道易维辰为什么要这么做。

“其实，我也不赞成你参加比赛。”洛景予摸着下巴说，“我想易维辰应该和我想的一样，不让你参加比赛是害怕你受伤。你忘了吗，球星乔比斯就是在比赛中被对手恶意犯规才扭伤脚踝，结果整个赛季报销，又是手术又是复健，很长一段时间连路都走不了。”

“受伤？”纪然珂问，这确实是她没有想到的。

“是啊。”洛景予说，“篮球比赛不比平常的训练，大家在赛场上你争我夺，撞一下绊一下都是常有的事，更别说有人为了赢球一时头脑发热做出什么不该有的动作，你一个女孩子，又是新手，还不懂得怎么保护自己，在赛场和一群男孩子比拼，实在是太危险了。”

“我不怕！”纪然珂脱口道。她是篮球队的一员，一定要和队员们共进退，怎么能因为害怕受伤而逃避比赛？

“然然！”洛景予再次唤了她的小名，只是这一次，他无奈地加重语气，“这不是讲义气的时候，受伤不只是承受身体上的疼痛，还很可能耽误学习，甚至影响你以后的人生。要是和别的队比赛，或许也没什么，可是我们的对手是唯实中学篮球队，他们都是些什么人，相信你再清楚不过了。”

洛景予有着极好的教养，他聪明绝顶又善解人意，纪然珂与他相识多年，从没听他抱怨过谁又说过谁的坏话。然而这一次，纪然珂注意到，有一丝说不清道不明的厌恶在他清澈的双眸中一闪而过。

纪然珂知道，洛景予不好明说，因为唯实中学篮球队的队长是她表哥。其实她也不喜欢这个表哥，他凶狠霸道不讲道理，她从小到大没少受他的欺负。那天在裕华路上，她已经领教过了唯实中学篮球队队员的“脾气”，那些人果然是表哥一手训练出来的，说话的腔调摆出的架势无一不让人胆寒，这要是真到了球场上……

“好吧……”纪然珂怅然地说道，得知易维辰不让自己参加比赛并不是因为自己技艺不精，而是害怕她受伤后，她心中的不快总算去了几分，“可是易维辰为什么不直接和我说？”

洛景予笑了 :“他当着其他人的面说害怕你受伤不让你参赛，别的队员会怎么想？”

“可是……”纪然珂还是觉得有不对劲的地方。

洛景予也微微蹙眉 :“我猜想，说不定他已经知道你是女生这件事。”

“不会吧，怎么可能……”如果易维辰知道她是女生，为什么还会让她留在篮球队，还要教她打篮球？不可能，绝对不可能。

几天后，三对三篮球赛正式拉开帷幕。

在距离肯麦麦汉堡店不远的一处露天球场上，礼贤中学篮球队正在和唯实中学篮球队进行激烈拼杀。对于这场比赛,两队酝酿已久,大家都想在这场比赛中赢得胜利。

这是纪然珂第一次在现场观看篮球赛，相比平常的训练，正式

比赛明显更激烈、更精彩、更让人目不暇接。奇幻诡谲的脚步，风驰电掣的篮球，肌肉碰撞的闷响无不震撼着她。

因为这次比赛只是初赛，到场观看的人并不多，仅有的几个人还是唯实中学的学生。至于礼贤中学的学生，他们终日忙着学习，如果有什么英语、数学方面的讲座，他们大概还会去听一听。篮球比赛？那只是浪费时间罢了。

唯实中学作为传统篮球强校，不只有一支技术过硬的篮球队，还拥有一支十分专业的啦啦队。她们有着一样的身高，一样的身材，拿着一样的花球，穿着同色的短袖短裙。她们又蹦又跳，各种舞蹈动作、加油口号信手拈来，每当唯实中学进球或是礼贤中学失误时都会欢呼一阵，给唯实中学篮球队涨了不少气势。

相较之下，礼贤中学这边着实冷清了一些。

纪然珂不甘心，她在场边又叫又跳："礼贤中学加油！易维辰加油！洛景予加油！古……"

纪然珂猛地一顿，她为什么要给那个讨厌鬼加油？

算了！谁让他们是一个团队的？

纪然珂一跺脚，继续扯着嗓子喊道："古岩鸣加油！"

然而让人遗憾的是，比赛刚开始不久，古岩鸣就被对方一个恶意犯规推倒在地。当时古岩鸣正带着篮球进攻，他晃开防守杀到篮下，准备投篮时却被防守他的人从后面推了一把。古岩鸣不仅球没进，人也摔了个狗啃泥。

更可气的是，唯实中学啦啦队笑成一片，好像在嘲笑古岩鸣球技不精当众出丑，丝毫不为自己队员的行为感到羞愧。

古岩鸣哪里受过这种气，他爬起来一把揪住推他的人，想和对方理论一番，结果被裁判判了个双方犯规。

看到这个结果,纪然珂气得直跺脚:“怎么那么冲动！”现在好了，赔了夫人又折兵。

比赛继续进行，唯实中学一方依旧小动作不断，不是故意缠住对方手臂,就是偷偷抓一把对方球衣,或是用膝关节去顶对方的大腿。这些动作看似无伤大雅，最多就是让对方摔一跤，其实严重一些的话很有可能会让对方受伤。

然而，礼贤中学篮球队并没有被吓倒。

不管唯实中学使出怎样的手段，礼贤中学篮球队始终保持着自己的节奏，大家团结一致，密切配合，跑动、传球、上篮……每一次进攻和防守都如行云流水一般。

即便纪然珂一刻不离地紧紧盯着，还是觉得自己的两只眼睛不够用。她明明看到篮球在对方手里,不知道怎么就被洛景予抢了下来，他明明已经跳起来准备投篮，球却没有冲篮筐而去，而是拐了个弯到了古岩鸣手里。

最刺激的一次是易维辰掌控了篮球，他一边在身边轻拍，一边给易维辰和古岩鸣使了个眼色。两人会意，立刻按照之前的约定做好掩护。

其实所有人都明白易维辰想做什么，但就算没有洛景予、古岩鸣挡着，他们也拿易维辰毫无办法。

宋乾坤也看出了易维辰的意图，在易维辰开始提速的同时，他迅速移动到篮下准备防守。不过宋乾坤的这一动作并没有对易维辰造成任何威胁，他几步跑到篮下，纵身一跃带着篮球向篮筐暴扣。

与此同时，宋乾坤也跳了起来，也许是他的起跳晚了一些，也许是他的弹跳能力差了一些，总之，易维辰以势不可当的劲头隔着宋乾坤完成了扣篮。而宋乾坤呢，只能狼狈不堪地一退再退，眼睁睁看着篮球跃入篮筐。

“天哪！我看到了什么！我简直不敢相信自己的眼睛！”

所有人都被这一幕惊呆了，就连唯实中学的学生也忍不住惊叹：“好棒啊！太厉害了吧！实在是太精彩了！”

宋乾坤也不是吃素的，他在拿到球后没有恋战，报复性地回敬了一个三分，刚刚领先的礼贤中学又被反超。

礼贤中学篮球队并没有因此乱了阵脚。

洛景予凭着超高的球商，看准时机无球跑动到篮下，一个手势后，正被两人夹击的易维辰将球传给他。因为这边无人防守，洛景予轻轻一跳便将篮球送入篮筐。

被人轻而易举钻了空子，唯实中学的队员们大为光火，更让他们恼怒的是，明明势在必得的球竟然被古岩鸣飞身一跳硬生生从篮筐上把篮球打了出去。

这下，唯实中学篮球队的队员们再也坐不住了。

以前，他们还会背着裁判使用小动作，这一次，被盖帽的队员直接用手肘击打古岩鸣的面部，古岩鸣大叫一声摔在地上，鼻血一下子喷涌而出。

哨声响起，比赛暂停。

纪然珂跳脚大骂：“喂！你们太过分了吧，这到底是打人还是打球？”

那些人嬉笑一阵，根本没有道歉的意思，好像这一切都是古岩鸣咎由自取。

眼看着有人“血洒当场”，唯实中学篮球队的队员们并没有就此罢手，很快，更过分的一幕出现了。洛景予迎着防守将球打进，随后因为用力过猛摔在篮下。唯实中学篮球队的队员表面上跑去捡球，实际上趁机向洛景予的后脑踢了一脚。

刚准备站起来的洛景予立即捂着头部倒了回去，一脸痛苦。

“洛景予！”纪然珂赶忙跑上去查看洛景予的伤势，她蹲在他的身旁，关切地问，“你还好吧？”

洛景予勉强扯出一丝笑：“唯实中学篮球队还挺客气的，送了我一个‘包’，就是这个‘包’不能背。”

“噗……讨厌……”纪然珂一时没忍住笑了出来。洛景予还能开玩笑，说明他应该没什么问题。

可是……

纪然珂很快将目光转向场上，唯实中学篮球队摆明了要对他们下黑手，之前是古岩鸣，现在是洛景予，下一个会不会是易维辰？

想到这里，纪然珂的心瞬间揪了起来，她一刻不离地盯着那个人，生怕他也会出现意外。

果然，没过多久，不甘寂寞的唯实中学再次下手了！

当易维辰在边线外捡起出界的篮球准备回来时，站在场边的替补球员竟然假装无意般向易维辰伸出脚。易维辰立时一个趔趄，还好他及时稳住身子才没有跌倒。

“你干什么？”易维辰问。

“没干什么。”那人耸耸肩，向易维辰做了个鬼脸。

这分明就是挑衅！就算没有伤到易维辰，也很可能会影响到易维辰的情绪。

“不要脸！”纪然珂气不过，冲着那人大喊。

易维辰没有多说什么，他走上球场，用接连不断的进球给了那人最好的回应。

相比之下，其他人就没有这么幸运了，随后出场的礼贤中学篮球队队员们因对手的暗算接连受伤，球队终于来到无人可用的境地。虽然说易维辰具备以一敌三的实力，可真的要他以一敌三吗？

古岩鸣不服气，他猛地站起身，强撑着说道：“我能行……”仅仅在下一秒，他的鼻血便涌了出来，

纪然珂没好气地说：“好了，你连血都没止住，还怎么打。”

古岩鸣仰起头，恶狠狠地瞪着她：“我不打？难道靠你？”

纪然珂不说话了，因为她有了一个大胆的想法。

或许真的可以靠她。

“不行！”正在这时，洛景予在另一边毫不留情地回绝了这个提议。唯实中学篮球队果然如他所料，个个出手狠辣，他们几个还算

有些基础的男生都招架不住，更别说纪然珂一个女孩子。

他绝不能让纪然珂冒险。

纪然珂却在这时莞尔一笑，她不顾洛景予的阻拦换上代表礼贤中学篮球队的黄色球衣，胸有成竹地对洛景予说：“放心吧，他们不敢把我怎么样。”说完还不忘朝他眨眨眼，似乎是在暗示什么。

见纪然珂跑上赛场，易维辰有一瞬的意外，不过他并没有像之前那样拒绝她参赛，而是面无表情地嘱咐了一句：“小心些。”

……

礼贤中学篮球队和唯实中学篮球队打了平手，按照规则，两支队伍将进入加时赛，率先进球的一方即为获胜方。

在掷硬币环节中，唯实中学拿到球权，首先发起进攻。只见宋乾坤带着篮球，不紧不慢地拍着，仿佛闲庭信步一般。在场的所有人禁不住屏息凝视，大家都想知道这个球是不是就是那个决定两队胜负的关键球。

终于，在时间即将耗尽的时候，宋乾坤突然发起进攻，他如同猛虎下山，带着篮球向篮筐扑去。

起跳，飞跃，扣篮……

宋乾坤顶着易维辰的防守将篮球送入篮筐。

几乎是在同时，全场掌声雷动，欢呼声、尖叫声此起彼伏，响彻云端。宋乾坤还不满意，他不断向全场抬手，似乎是在示意大家的掌声更猛烈一些，欢呼声更热切一些。

“我们赢了！队长，你太厉害了！”

唯实中学篮球队的队员们围上来，宋乾坤却顾不上和队员们庆祝，他转头向礼贤中学篮球队的方向看了一眼。

他特意找到易维辰，扬起嘴角，投去一个挑衅的眼神。他要向所有人证明，易维辰能做到的他也能做到，而且他会比易维辰做得更好。

不只是易维辰受到了“挑衅”，礼贤中学这边的人都把宋乾坤嚣张不可一世的模样看在眼里。

古岩鸣的鼻血总算止住了，他下意识握紧拳头，对易维辰说:“太过分了，我们绝不能就这么算了！”

洛景予看到这番情景，急忙拉住易维辰：“千万不要冲动。”

露天球场依旧是一片欢乐的海洋，唯实中学的学生们跳着闹着，还有人趁机向礼贤中学叫嚣：

“胜利终将属于我们！”

“高分低能！”

礼贤中学名声在外，重点大学达线率远超其他中学，这些学生因为没考上礼贤中学，没少受父母长辈的责备，现在总算有一样能胜过礼贤中学，当然要抓住这个机会好好炫耀一番。

“哈哈哈！”唯实中学的学生们笑成一团，好像许久没有遇到这么开心的事情了。

望着那些笑脸，易维辰紧绷的神经忽地一松，他轻叹一声，对队员们说：“走吧。”

伴随着落日的余晖，礼贤中学篮球队黯然离场。

“就……就这么结束了？”直到球队离场，纪然珂还是没有反应过来，她恋恋不舍地回望着球场，不相信比赛就这么结束了。

她才刚刚上场，还没有跑动两下，还没有摸到篮球，甚至还没有在赛场上实践一下自己苦练的投篮技术，竟然就这么结束了？

见整个队伍情绪低落，洛景予想方设法活跃气氛：“其实我们已经很了不起了，队员们接连受伤还能坚持到最后和他们打平，要是换个队伍说不定早就认输了。”

见大家还是闷闷不乐，洛景予又说：“没关系，比赛嘛，一定有输有赢，其实输也不是坏事，正好能帮我们找到不足，只要补足短板，下次一定赢回来。”

队员们依旧垂着头不说话，洛景予只好使出撒手锏：“不如这样吧，时间也不早了，大家肯定饿了，我们找个地方吃饭吧，你们说吃什么比较好？”

提到吃，大家果然变得积极起来。

在一阵七嘴八舌后，纪然珂提议道：“我请大家吃火锅好不好？”

“好啊。”队员们欣然应允。

宋妈火锅店还是老样子，老旧的招牌，新鲜的食材，热辣的红油，大呼过瘾的食客，队员们还没走到店里便闻到了诱人的香气，所有人都禁不住吞了吞口水。

纪然珂把菜单递给大家，让他们不要客气。

大家依次在菜单上选自己喜欢的菜品，轮到古岩鸣时，他却低着头不说话。

纪然珂不得不开口询问："你想吃什么？鸭肠？毛肚？"

放在桌子上的手逐渐用力，大家可以清晰地看到上面突起的青筋，气氛瞬间降至冰点，所有人都看出古岩鸣不太对劲。

突然间，他猛地一拍桌子，大声喊道："我受不了了！"

古岩鸣指着纪然珂，愤然道："都怪你！如果不是你，我们根本不会输掉比赛！"

"啊……"古岩鸣的话好像是一滴水进了油锅，引得众人一片哗然。

有人小声替纪然珂辩解："加时赛中用抛硬币决定谁先进攻，进攻的一方获胜的概率自然大一些，这基本上就是靠运气，怎么能怪'他'？"

"我不是说这个。"古岩鸣断然道，"如果是我们技不如人输了也就输了，可是这样输掉比赛，我实在不甘心。"

他倏地转向纪然珂，恶狠狠地问道："说，你为什么要在比赛前见宋乾坤，你和他到底有什么关系？"

"啊……"众人又是一片哗然。

宋乾坤？就是唯实中学篮球队的队长？他凶神恶煞的模样一看就不是好惹的，大家躲还躲不及，怎么会有人主动去见他？

有人小声问："你会不会看错了？"

"当然不会！别人我能认错，'他'这个又蠢又笨的样子，我能认错吗？"那天，他看到宋乾坤向这边走来，下意识想跑，可是看到走在前面的纪然珂还浑然不觉时，又觉得他不能就这么跑了让纪然珂置于危险之中。

以前不能，现在也不能。

但是，结果出人意料，纪然珂见到宋乾坤，不仅不躲，还热情地向他打招呼，纪然珂百般讨好似的笑着，又是向他鞠躬，又是摇晃他的胳膊。古岩鸣浑身冰冷，他从来不知道纪然珂还有这样一面！

变态！果然是个变态！

更让古岩鸣不解的是，那个嚣张跋扈的宋乾坤就这么任由纪然珂缠着他，他虽然自始至终仰着头不怎么搭理纪然珂，可他周身竖着的棱角再没有了杀伤力，完全变成了一只藏着獠牙的小猫。

古岩鸣惊呆了，他想来想去，只有一种可能……

“说！你和宋乾坤是不是有什么不可告人的交易！”

众人的目光投来，纪然珂一下子变成众矢之的。

她急得满脸通红，慌慌张张地向大家摆手：“不是，不是这样的……”

洛景予也在一旁解围：“也许有什么误会。”

“误会？”古岩鸣冷笑一下，“我也觉得是个误会，所以我之前看到‘他’去见宋乾坤什么都没有说，现在我越想越觉得不对。难道你们没有发现吗？加时赛的时候，原本像牛皮糖一样甩也甩不掉的对手突然变了，他们不仅不防守‘他’，迎面撞见也会绕开，这还不能说明问题？”

“对啊，好像是这样的……”

“我也觉得奇怪……”

“那些人像饿狼一样恨不得对所有人下狠手，怎么偏偏对‘他’例外……”

众人你一言我一语，纷纷将矛头指向纪然珂。向来处变不惊的易维辰也微微蹙眉，开口问道：“到底是怎么回事？”

“我……我……”纪然珂百口莫辩，急得快哭了。她看看易维辰，又看看洛景予，最后把目光落在不断翻滚的火锅上。

她，要把实话说出来吗？

DIQIZHANG

第七章

底线！公平公正的体育精神

唯实中学篮球队迎来了一场期待已久的胜利。

对于他们来说，在比赛中获胜并不算什么，重要的是，他们打败的是礼贤中学，这就足够他们吹一阵子了。更让他们开心的是，为了庆祝这场胜利，队长宋乾坤提出来请大家吃火锅。

远远看到火锅店略显简陋的店面，有队员佯装不满：“队长，这家火锅店能行吗？您是什么身份，怎么能到这种地方吃饭？我知道有一家火锅店特别好，服务好档次高，我请您去那家吃？”

“你懂什么？”宋乾坤不客气地轻嗤，“别看这家店装修一般，味道特别好，不然也不可能开这么多年。你们别看不起它，多少外地人专门开车来吃，今天也就是我带着你们，要是你们自己来，还不一定有位置呢。”

“是是是。”那人谄媚地笑笑，很快转了话锋，“队长是什么眼光、什么品位，跟着队长肯定没错。”

“就是，队长这么讲义气的人能亏待我们吗？今天有口福啦。”

突然间，有人脸色一变，指着其中一桌说道：“你们快看，那是不是礼贤中学篮球队？”

“是他们！他们怎么也来这家火锅店？”

“都输球了还能心安理得吃这么多菜，心理素质够好的。”

“哈哈哈……”

宋乾坤定睛一看，果然，在火锅店靠吧台这边坐着一桌身材高大的中学生。他几乎是一眼便看到了坐在其中的易维辰。因为在这些人当中，他个子最高，又坐得最为笔直，自然最为显眼。

可是，他怎么会来吃火锅？

宋乾坤和易维辰做过一年队友，据他观察，易维辰在饮食方面非常挑剔，他不喝有糖饮料，不吃油炸食品，烧烤火锅之类的也从不染指，他怎么会出现在这里？

“真是冤家路窄。”宋乾坤眼珠一转，唇边露出一个轻蔑的笑容。这样也好，刚好可以让他们感受一下自己这边的喜悦。

想到这里，宋乾坤大手一挥，拔高音调对自己的队员说：“走！”

昏暗狭窄的火锅店呼啦啦又进来几个人高马大的中学生，随着一阵“吱吱嘎嘎”拖动椅子的声音，那些人大大咧咧地在桌子旁坐下。

“有没有人，点菜！”那些人拍着桌子大喊大叫，引得其他客人纷纷侧目。

礼贤中学篮球队的队员们也注意到了他们，有人小声嘀咕：“真倒霉，怎么又遇上了。”

其他人也跟着撇嘴，原本已经低落万分的气氛再次降至冰点。

这边，易维辰面无表情地拿起筷子：“别管他们，吃东西。”

唯实中学篮球队却没有打算放过他们，几个人不是大声说着刚才的比赛，就是说着晋级之后和其他队伍的比赛该怎么打。最可气的是，他们还时不时往这边探个头，看几眼，阴阳怪气地说着：“数一数他们点几个菜，我们一定要比他们多。”

“怎么没点脑花，毕竟被人踢了一脚脑袋，应该吃一份补一补。”

“还脑花？看那小气样，鸭血才点了一份，某人流的鼻血都够两盘菜下锅涮一涮了吧……”

“哈哈哈……”

“啪！”古岩鸣终于忍无可忍，他猛地一拍桌子站了起来，却在即将冲到对面时被易维辰的一个眼神吓住。

易维辰微微挑眉：“你要是这么做不就和他们一样了？”

是啊，他对唯实中学篮球队的所作所为深恶痛绝，如果在这个时候控制不住冲动，不是比他讨厌的人还要恶劣百倍！可他就是不甘心，他们比唯实中学差在哪里，凭什么要在这里白白受人奚落！

易维辰不是不知道古岩鸣在想什么，他把烫过的鸭血夹到古岩鸣碗里，缓缓说道：“宋乾坤有一句话说得很对，我们打篮球的人，有什么恩怨都会在球场上解决。”他看向古岩鸣，目光深邃而笃定，“记着这份不满，下次在高中篮球联赛的赛场上狠狠回击回去。”

“我……”拳头握紧又松开，然后再一次握紧，不只是古岩鸣，在场的每个人都被易维辰的话触动了，他们暗暗发誓，一定要刻苦训练，努力比赛，好在和唯实中学的对决中一雪前耻。

唯实中学那边见古岩鸣站起来后又坐了回去，底气不觉足了几分，他们仿佛猴子一般上蹿下跳地叫嚣：“喂喂喂，站起来干什么？想看我们点了什么菜吗？这份红薯给你们吧，我们红红红，你们输输输，哈哈哈！”

调侃声、讽刺声不绝于耳，面对各式各样的菜品，礼贤中学篮球队的队员们根本没什么胃口，大家沉默不语，郁郁寡欢，一桌子菜基本没怎么动过。

唯实中学那边正好相反，他们本就是一群正在长身体的小伙子，再加上赢了礼贤中学，每个人都像挖掘机似的，不管往火锅里下多少东西，他们都能在开锅后捞个一干二净，连火锅底料里的大蒜大葱都能沾上小料一口吞掉。

“好吃！服务员，再来两份毛肚！不，三份！”嘿嘿嘿，反正是宋乾坤请客，不吃白不吃。

直到各种盘子堆了一人多高，锅里的红油几乎没了味道，唯实中学篮球队的队员们才算勉强吃饱了。

宋乾坤摆摆手，招呼大家离开。一桌人又是一阵“吱吱嘎嘎”，大摇大摆地向店门走去。有人在路过礼贤中学那边时看了一眼，打着嗝讽刺：“打球不行，吃火锅也这么慢。”

突然间，易维辰从座位上站了起来，吓得那人赶忙逃到其他人身后，哆哆嗦嗦地问：“你……你想干什么？”

易维辰没有理他，他径直走到宋乾坤面前，面容冷峻：“你们好像没给钱。”

“给钱？”酒足饭饱的宋乾坤不可一世地瞧着他，笑着说，“我

在这儿吃火锅从来没给过钱。”

“你……”易维辰以前只觉得宋乾坤这人是嚣张霸道了一些，但也仅仅是为人处世上有些问题，可现在看来，他对做出这样恶劣的事情也轻车熟路大言不惭，简直和土匪恶霸没什么两样。

“呸！”宋乾坤把残存在嘴里的牛肉吐在地上，伸出手指戳着易维辰的胸口，“你算哪根葱？就算我不给钱，也是火锅店的事，你凭什么管我？”

古岩鸣在这时冲了过来，他一把将宋乾坤推开，顺势挡在易维辰身前：“我们怎么不能管？路见不平一声吼！你能干出这种龌龊事，就别怪我们不给你面子。”

“哈哈哈……”宋乾坤根本没被古岩鸣的恐吓吓到，反而不可抑制地笑了出来，“哟，真应该找个镜子让你看一看自己的嘴脸，脸上青一块紫一块，鼻子上还挂着鼻血，你都自顾不暇了，还在这儿给我装什么超级英雄？哦，我知道了，其实你们根本不是想打抱不平，你们只是因为刚输了比赛不服气，随便抓了一个机会来找我的碴儿。我告诉你们！我宋乾坤今天就把话放这儿，我不止不给钱，还要打包一份毛肚，再打包一份鸭肠，哎呀……”他突然夸张地叫了一声，指着桌子上盛着红油的火锅说，“这火锅不错，我再打包一个火锅，对了，把板凳也拿上。嘿嘿……”他假模假样地笑着，盯着易维辰一字一顿，“你能把我怎么样？”

“你……”易维辰的确不能把他怎么样，以他的教养，他甚至无法对宋乾坤说出一句难听的话。他不是圣人，他也有喜怒哀乐，也有痛苦彷徨，面对宋乾坤的种种恶行，他也只是在努力克制。可越是这样，他就越是不安，会不会真的像宋乾坤说的那样，他根本不是为了火锅店出头，只是为了发泄自己的怨气。

面对宋乾坤的质问，易维辰一个字也说不出，只能眼睁睁看着他和他的队员带着毛肚、鸭肠、火锅和板凳扬长而去。

易维辰的心中五味杂陈，既为自己的行为感到惶恐，也为火锅店老板娘感到痛惜。

宋妈还不知道前面发生了这些事情，她刚刚从后厨出来，看到纪然珂时扬了扬下巴："然然，招呼好你的同学。"说完便拿着抹布淡定如常地收拾桌子。

看到这里，所有人都惊呆了。

这是怎么回事？老板娘竟然对宋乾坤逃单的事情视而不见，连店里少了火锅、板凳也不为所动。

易维辰看不下去了，他想，老板娘会这样一定是有什么顾虑或是受到了什么威胁。这件事既然让他知道了，他就绝不能像什么事都没有发生一样置身事外。哪怕别人会说他趁机泄愤，他也要把这件事管到底。

"老板娘！"易维辰才叫了一声，一直低着头不说话的纪然珂突然跳了起来。

"别别别！"她一把攥住易维辰的胳膊，像树袋熊一样缠着他不让他有任何动作。

"你干什么？"

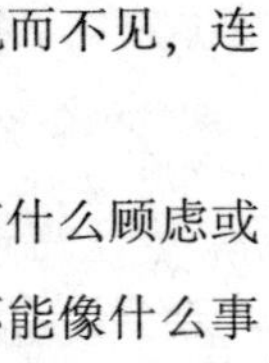

面对易维辰的质问，纪然珂的脸上红一阵白一阵：“我……”

纪然珂再一次成为众人的焦点，大家都等着听她解释。

万分纠结的纪然珂猛地一跺脚：“算了，我说实话吧。”

她慢慢放开易维辰，小心组织语言：“其实……宋乾坤来这里吃火锅确实从来没有给过钱，哎呀……也不是不给，到了月底，我舅妈会来给他结账，因为……”纪然珂不敢看大家的眼睛，怯生生的，像极了受惊的小兽，“因为火锅店是我家开的，老板娘宋妈是我妈，宋乾坤是我的表哥。”

“……”

得知真相的众人一时竟不知道该说什么好。他们还以为宋乾坤鱼肉乡里，横行霸道，原来他只是在“自家地盘”上“撒野”，如果是这样的话，他们好像确实像宋乾坤说的那样，根本管不着。

“你怎么不早说。”易维辰摇头，语调中带着几分埋怨。

“对啊！”本就怨气十足的古岩鸣大吼一声，“早说的话我们才不会要你。”他还担心没办法证明纪然珂是宋乾坤的卧底，现在好了，他们有亲属关系就是最好的证据。

洛景予赶忙向大家解释：“他们虽然是亲戚，但平常很少往来。”

“哼……”古岩鸣不信，抱起双臂把头扭向一边。

“真的是这样。”纪然珂急得快哭了。她就是早料到会被这样误会，所以才不打算主动说。“从小到大，他特别讨厌我，我也特别害怕他，除了逢年过节，我们都不怎么见面。上次去见他，也是因为……因为我们要和他们比赛了，我怕我们赢不了，所以想让他手下留情……”

她的声音渐渐低下去，却并不妨碍在场的人在一瞬间爆发。

“什么！”古岩鸣倏地转回来，怒不可遏地看着她，“你竟然背着我们去求他？你真是太过分了！难怪我们会被他们看扁！真是输球又输人！太丢脸了！”

与此同时，易维辰也跟着摇了摇头。

“不是不是，你听我解释。”纪然珂的声音带了一丝哭腔，经过这次比赛，她深深为自己的行为感到后悔。输球不可怕，可怕的是在比赛之前就认为自己一定会输。是篮球队的队友们教会她不要妄自菲薄，即便对手是那样可怕，他们依旧战斗到底，哪怕到了最后一秒也绝不放弃。

纪然珂说：“我确实求了他，可他并没有答应我，他只说看在我求他的份儿上，如果我上场的话，他会让他的队员们不要防守我，所以加时赛的时候才会是那个样子。”

“骗人！”古岩鸣不依不饶。

易维辰警告似的看了他一眼，接着对纪然珂说：“我相信你，也理解你，不过你要知道，公平公正是体育比赛的基础，也是体育比赛的底线，哪怕他答应不防守你，对唯实中学来说也是不公平的，还好我们输了，如果在这种情况下，我们就算赢了比赛，也是不光彩的。”

“我知道了。”纪然珂的心里很不是滋味，因为在她看来，礼贤中学和唯实中学的比拼，本身就是不公平的，“我只是觉得，他们人多，训练条件也好，学校又那么支持，相比之下，和他们比赛，对我们来说，

也不怎么公平。”

洛景予在这时笑着插话：“这还不简单，那我们也要争取更多的队员、顶级的训练条件还有学校的大力支持。”

“哈哈哈……”

大家不约而同地笑起来，因为所有人都心知肚明，洛景予说的那些话根本就是天方夜谭。

他们谁也靠不上，能靠的只有他们自己。

收拾完桌子的宋妈风风火火地走了过来：“哎呀，你们怎么才吃这么一点儿？我再给你们加一份鸭肠，这可是我们店的招牌。”

洛景予也在这时招呼大家：“好了好了，不要想那么多，快吃东西吧，别辜负了宋妈的好意。”

锅里的红油再次沸腾起来，伴随着扑面而来的热气，大家纷纷拿起筷子。

纪然珂是吃火锅长大的，因此练就了一流的筷子技艺，她总是能在红油托起食材的瞬间精准无比地夹住猎物，好像一个老渔夫面对不谙世事的小鲤鱼。

店里的蘸料是特质的，醇厚的香油配一些蒜蓉葱花，既不会喧宾夺主，又不会寡淡无味。被火锅滋养长大的人是不怕烫的，在别人看着碗里的食材干着急就是下不去嘴的时候，纪然珂已经把那些诱人的小东西送进嘴里，细细体味热与辣的交融。

随着红油、食材、蘸料在口中完美绽放，纪然珂突然想起一件事，她看向古岩鸣，含混不清地问：“对了，你怎么会看到我去见了宋乾坤？”

易维辰也放下筷子看向他，疑惑地问道：“对啊，你家也不在那边。”

“……”筷子上的耗儿鱼仿佛活了似的跃回锅里，溅起的红油像极了挂在天上的烟花。

古岩鸣记得，那天在化学课上，他好心告诉纪然珂答案，却被纪然珂说成拿假答案故意害自己，想让自己在老师同学面前出丑，他一时气不过，暗暗发誓不再理纪然珂。

他说到做到，不管是上课还是训练，真的再没有对纪然珂说过一句话。可是，也不知道怎么了，他就是没办法彻底对纪然珂视而不见。反正“不再理纪然珂”也不是“不再看纪然珂”，看一看总是可以的嘛。

谁知道这一看竟然看出了问题，有一天放学后，他注意到纪然珂没有回家，而是向裕华路的方向走去。

几乎只是一瞬，无数个不好的念头在他脑中闪过。

“他”去那里干什么？

会不会遇到唯实中学的学生？

“他”那么笨，会不会被那帮人欺负？

古岩鸣没有犹豫，径直跟了上去，这才撞见纪然珂找宋乾坤说情的场景。

可是，这些话他怎么说得出口？

俗话说风水轮流转，这下轮到古岩鸣张口结舌，刚刚还伶牙俐

齿的他这下一个字都说不出。

不仅如此，他明明什么也没吃什么也没喝，却像被呛到似的不停咳嗽。

“咳咳……我……”他一连说了几个“我”，终于想到一个绝佳的理由，“我那天是要去教具店。”

纪然珂关切地问道：“是吗？买什么？烧杯吗？”

古岩鸣翻了个白眼：“逛一逛不行吗？”

易维辰也想起一件事：“上次还要谢谢你，如果不是你及时说出纪然珂去教具店买烧杯很可能会遇上唯实中学的人，还真不知道会发生什么。”

“啊？”纪然珂大叫一声，惊奇道，“原来是你告诉易维辰的？”那天，她被唯实中学篮球队的队员围在中间，是易维辰及时赶到帮她解围，她一直把这份恩情记在心上，没想到这其中还有古岩鸣的功劳。奇怪，他不是一直很讨厌自己吗？怎么会主动说出自己有危险？

“咳咳……”突然被人提起这件事，古岩鸣咳嗽得更厉害了。

纪然珂嫣然一笑，把刚刚烫好的鸭肠夹给他：“谢谢啦。”

古岩鸣立即把碗扔在桌子上，整个人躲得远远的，还颇为嫌弃地说：“脏死了，我才不要吃这些莫名其妙的东西。”

洛景予在这时甚是无辜地说道：“你刚才明明吃得很开心，还劝我不要总吃蔬菜，鸭肠才是火锅的灵魂。”

古岩鸣立刻抛去一个能杀人的眼神，愤愤道：“我什么时候说过这种话？”

“哈哈哈……”

热闹的火锅店忽地传出一阵肆无忌惮的笑声，笼罩在礼贤中学篮球队上空的阴霾悄悄散去，取而代之的是久违的欢愉和难得的放松。

大家彼此开着玩笑，互相碰杯喝着饮料，一大桌子人中，只有古岩鸣闷闷不乐。其他人才不管他，美食当前，抓紧时间吃东西才是正经事，再晚一点儿，好吃的就要被别人夹走了！

真是好久没有这么开心过了，酒足饭饱后，队员们恋恋不舍相互告别。

纪然珂突然叫住易维辰：“这是我妈做的蛋炒饭，你带回去吧。”她看得很清楚，两个多小时的时间里，易维辰还是像上次那样，自始至终没有碰过红油，只是生吃了几片青菜。她怎么忘了，易维辰说过他不吃辣，她为什么还要提议吃火锅？唉，只能用蛋炒饭弥补一下了。

易维辰怔了怔，迟疑片刻从纪然珂手中接过蛋炒饭，说：“谢谢。”

送走易维辰，纪然珂和洛景予结伴回家。

其间，路过一条小吃街，在色彩斑斓的灯光下，各种小吃摊已经就位，伴随着阵阵扑鼻的香气，烤鸡爪、炸鸡排、酸辣粉、羊肉串、手抓饼依次排开，让人应接不暇。纪然珂要不是吃饱了，还真想买两样解解馋。

纪然珂问洛景予：“你有没有发现，易维辰这个人特别奇怪，大

家都在吃火锅，他只生吃了几片菜叶子。对了，还有上次在奶茶店，别人都在喝奶茶，他竟然只喝冰水，他不会有什么病吧？”

洛景予笑了，他轻咳一声，纠正道：“这叫自律。职业运动员并不是想吃什么就能吃什么的，他们有专门的营养师，专门的食谱，既要为高强度的训练提供能量，又不能过度摄入热量和脂肪。球星乔比斯也是这样，从他打球以来，他就只吃鸡肉、鱼肉，再也没有碰过猪肉，而且鸡肉和鱼肉也只是普普通通的水煮，油炸是绝对不可以的。”

“啊……”纪然珂哀叹一声，五官都皱了起来，“这不能吃，那不能吃，那岂不是很没意思。”

洛景予接着说：“不过呢，规矩是规矩，还是会有很多人禁不住美食的诱惑偷偷吃一些，所以我才格外佩服易维辰，他不是职业运动员，也没有人督促他，他却时刻以一个运动员的标准要求自己。”

纪然珂忽然想起那个傍晚，易维辰为了拉她进篮球队来到宋妈火锅店，她嘲笑易维辰不吃辣少了很多乐趣，易维辰却只是淡然一笑，眼里是一贯的云淡风轻。她永远记得易维辰说的那句话，他说，篮球就是他的乐趣。

纪然珂也是在后来才了解到，为了维持良好的身体素质，易维辰不仅不吃火锅不喝奶茶，也不吃精米精面，只会吃一些粗粮，所以他才会看到蛋炒饭时有些犹豫。不过，他为了不让纪然珂失望，还是选择收下了这份好意。

这件事带给纪然珂极大的触动，不知不觉间，她也做出了一些改变。

以前的她总是想在写作业前玩一会儿，或是听到起床的闹铃后再睡十分钟，渐渐地，她不再拖拖拉拉，而是严格执行作息，到了什么时间就做什么事情，绝不拖延。

她相信，自律才是一个人成功的关键。

其实，纪然珂也不是没有放纵一下的想法，可是只要想到那个人，她就瞬间充满了力量。

对于礼贤中学篮球队来说，三对三篮球赛虽然结束了，但球队的训练并没有终止，因为大家还在朝着一个目标努力——高中篮球联赛。

与此同时，大家收到一个消息，原本在三对三篮球赛中顺利晋级的唯实中学篮球队因为在比赛中总是违反体育道德向对手使用小动作，最终被主办方取消了参赛资格。他们虽然赢了礼贤中学篮球队，却也自食恶果，彻底输掉了比赛。

“活该！让他们再得意！”听到消息的古岩鸣幸灾乐祸道。

虽然这个想法多多少少有些不妥，但礼贤中学篮球队的队员们都在为这个消息感到振奋。得道多助失道寡助，用不道德的手段得来的胜利终究不会长久。

所有人中，只有易维辰眉头紧锁。事实上，他并不关心唯实中学篮球队在三对三篮球赛中取得了怎样的成绩，他真正关心的是再过两个月，高中篮球联赛就要拉开序幕。就目前而言，礼贤中学篮球队还存在许多问题，他们能在高手如林的篮球联赛中挺进决赛，

夺得冠军吗？

经过三对三篮球赛的洗礼，礼贤中学篮球队的队员们都憋着一股劲，无论是高强度的体能训练，还是枯燥乏味的技巧训练，大家都毫无怨言悉心完成，哪怕易维辰宣布训练结束，大家还是会针对自己的不足加训一阵，气得易维辰不得不一再向大家强调科学训练的重要性。

纪然珂不太确定自己能不能参加高中篮球联赛，但就像三对三篮球赛那样，本来不被允许上场的她还不是因为球队无人可用而披上了代表礼贤中学篮球队的战袍。所以说,没有什么付出是没有用的，今天的一个练习题，一本课外书，一次技艺的学习，都可能会成为日后在人群中脱颖而出的利器。

然而，就在大家将全副热情倾注在篮球上，恨不得把一天中的二十四小时全部用在篮球上时，易维辰却做出了让大家匪夷所思的举动。

周六下午，礼贤中学篮球队的队员们按照惯例在体育馆集合，让他们感到惊讶的是，等待他们的并不是篮球，而是一摞试卷！

易维辰说，今天训练前的热身不干别的，就做试卷。

纪然珂还以为易维辰是要考察大家对篮球规则的记忆，或是对篮球战术的理解，兴致勃勃的她拿到试卷后傻了眼，这哪里是有关篮球的试卷，这分明是一份化学试卷。

体育馆里响起细碎的议论声，纪然珂探头一看，原来每个人的卷子还不一样，有人拿到英语试卷，有人拿到物理试卷，古岩鸣拿到的是一张数学试卷。

易维辰到底想干什么？他们是来参加篮球训练的，不是来补课的。

易维辰对大家的疑惑熟视无睹，他把手里的历史试卷铺开，慢条斯理地说：“想要检验一个人是否完全掌握知识点，考试是最科学便捷的方法，今天把这些试卷做完，下次会有老师针对考试中存在的问题进行辅导，计时一个小时，开始吧。”

“什么？”大家脸上的疑惑更深了，他们没听错吧，还有下次？

纪然珂一下子瘫坐在地上，泄气的样子看上去可怜极了。

“能不能不做……”她扁了扁嘴，向易维辰苦苦哀求。

礼贤中学有一个外号叫“学生地狱”，学校为了学生能在高考中取得好成绩，对学生实行“三多”政策，即课多、作业多、考试多。学校认为，抓紧一切时间学习才是提升成绩的唯一出路。

能不能提升成绩纪然珂不知道，但自从她入读礼贤中学以来，她真真切切地感受到“三少”，那就是朋友少、娱乐少、睡觉少。到体育馆打篮球，大概是她仅有的、可以放下学业的时候。可是现在，易维辰竟然要把打篮球的时间也用来学习，还要她学最为头疼的化学，简直令人发指！

不只是纪然珂，其他人也在小声表达不满：

“不会吧，作业都做不完，还要做试卷？”

“苍天啊！我只想安安静静地打个球。”

还有人给大家出主意：“要不随便写写？反正也不是老师布置的

作业，也不会因此排名，无所谓啦。”

面对大家的议论，易维辰的脸上没有丝毫变化。他似乎早已料到大家会有这样的反应，说话的语调也如冰冻的湖水一般毫无波澜：“古岩鸣，在上次考试中，除了数学，你的所有科目都有所下滑，你有没有想过这是为什么？纪然珂，你的成绩很不稳定，所有科目都是一次好一次坏，你有没有想过要怎样改变……”

他显然是仔细做过功课，每一名队员的成绩、排名通通了如指掌，以至于有些问题很可能连队员本人都没有意识到。

当众被说“成绩不稳定”，纪然珂觉得莫名其妙，直言不讳地问：“你这个人怎么回事？我们的成绩如何我们自己会操心，你真正应该关心的不是篮球吗？我就问你一句，我们还要不要和唯实中学一较高下？还要不要夺回高中篮球联赛冠军？”

“要。”易维辰斩钉截铁，同时，他又用不容置喙的语气继续说，“我们也要在考试中取得好成绩。”

那样的语调配上那样的表情，所有人都被易维辰的坚定震撼了，大家开始由义愤填膺变得默不作声。

易维辰沉吟片刻，向大家解释他为什么对考个好成绩这样执着。

“马上就要考试了，如果你们在这次考试中成绩下滑，别人会怎么说？知道的可能会说古岩鸣本来就笨，纪然珂上课爱走神……”

古岩鸣拍案而起：“我笨？”

纪然珂也不服气：“我什么时候上课走神？”

可是，易维辰接下来的话立刻让两人无言以对。

易维辰说：“不知道的呢？他们会说你们是因为打篮球耽误了学习。”他再一次看向众人，目光虔诚，言辞恳切，“请允许我自私一回，我不想让篮球背上骂名，所以，你们每一个人必须在这次考试中取得好成绩。”他环视一周，一字一顿地强调了一遍，“每一个人。”

……

这是大家从来没有想过的，他们一边为了学业焦头烂额，一边为了篮球联赛冠军奋力拼搏，完全没有注意到这两件事还有着不容忽视的内在联系。

易维辰说得对，其实不只是别人，如果他们在这次考试中成绩下滑，哪怕他们自己也会情不自禁地认为是篮球惹的祸，那他们还能无怨无悔地参加训练，努力向高中篮球联赛冠军发起冲击吗？

纪然珂怔怔地看着易维辰，以前的她只觉得易维辰篮球打得好，没想到他身为队长要考虑的事情也比他们多上许多。他既要统筹全队的训练，又要保持自己的状态，还要平衡队内每个人的情绪。他总是指出自己的不足，却从没有放弃过她，还会在她坚持不下去的时候想方设法鼓励她，哪怕是男女朋友都没有这份耐心吧。

似乎是感受到了她的注视，易维辰忽地朝这边一转，目光交织的刹那，纪然珂慌慌张张低下头，也不知道怎么了，那样平淡无奇的一眼竟让她有了触电的错觉。她抬手捂上自己的胸口，好像只有这样才会好受一些。

体育馆里响起笔尖摩擦纸张的沙沙声，纪然珂知道，那是因为有人正在咬着牙专心投入到自己最薄弱的科目中。

一旁的古岩鸣已经拿起笔，纪然珂也开始硬着头皮读题。

往日被打球声、呐喊声充斥的体育馆罕见地安静下来，但暗暗涌动的激情没有丝毫减弱。

时间一分一秒过去，古岩鸣已经把卷子做得差不多了，说是差不多，其实他只是把会的那一半写完了，另一半题目因为毫无思路，始终无法下手。

百无聊赖下，古岩鸣向四周看去，纪然珂坐在离他不远的地方，正皱着眉毛用笔挠头。

“笨蛋，有那么难吗？”古岩鸣随意在她的卷子上一扫便发现了很多问题，他好心提醒她，“第三题错了，是紫色不是蓝色，你搞混了。我的天哪！你自己看看你第六题的化学方程式配平了吗？这么简单都记不住，你脑子里装了些什么？”

“喂！”意识到古岩鸣是在和自己说话，纪然珂大叫一声把试卷护在胸前，“你做你自己的题，看我的试卷干什么？”

“你以为我想看？你离我这么近，想不看都不行。”

“哼！”纪然珂瞪了他一眼，拿起卷子跑到后面去了。

这下，古岩鸣的旁边没有人了，心也随着纪然珂的离开变得空落落的。他不得不将目光放到面前的试卷上，可是无论他怎么努力，不会的题目还是做不出来。

某人的数学不是很好吗？

古岩鸣灵机一动，拿上试卷向后跑去，他用笔戳了戳纪然珂，说：“喂，给我讲讲。”

“没空！”纪然珂正在为一道化学题发愁，头发都要被揪掉了。

古岩鸣扫了一眼，抢过试卷：“得了吧，来，我给你讲讲。”

“喂！”纪然珂本来是不愿意的，可是现在这种情况，与其让自己想破脑袋也想不出，还不如让古岩鸣指导一下。

想到这里，她即刻跪坐在古岩鸣身边，认真听他讲解。

易维辰抬头看着这一幕，不觉弯了弯嘴角，看来原定在下周的老师辅导可以取消了。他转头看向高高耸立的篮球架，在空中做了一个投篮的手势，想象着篮球轻松入筐的模样。

同学们，努力学习吧，为了在考试中有个好成绩，也为了心爱的篮球！

DIBAZHANG
第八章

震惊！「他」竟然是女生

没有什么比即将拿到考试成绩更让人紧张的。

相比同学们的一脸惶恐，纪然珂显得淡定了很多。这或许是因为当她走出考场时，就对自己会获得怎样的成绩有了预判。

或者可以把时间再往前推一些，当她拿到试卷简单翻阅一遍后，哪些题必得分，哪些题可能得分，哪些题得不了分已经在她心中有了清晰的图景。

她以为古岩鸣也会这样，可是恰恰相反，他看上去比其他同学要紧张许多。

“喂，你怕什么？”纪然珂问。

“你……你哪只眼……眼睛看到我怕……怕了？”古岩鸣说着说着，心虚地低下头。

纪然珂微微蹙眉，他说话都变得结巴了，还不承认害怕？

成绩单很快发了下来，如纪然珂所料，她的各科成绩都不错，至少是在稳定上升，而不是像之前那样仿佛坐了过山车似的上上下下。

古岩鸣先看了一眼纪然珂的成绩单，又看了看自己的成绩单，长出一口气。虽然数学没有分到一个班，但是化学这一科两人一起冲到了一班，只是因为排名问题，不能继续坐同桌，想想还真是……开心。

对，就是开心。古岩鸣怅然地想。

让纪然珂感到意外的是，平常根本没说过什么话的同学们在成绩公布后纷纷围了过来，大家七嘴八舌地说着：

“快和我们说说，你的化学是怎么学的，怎么一下子提高这么多？”

“就是，太不可思议了，我花了那么多时间学习，还是没有提高。”

还有人佯装严肃道:“要说实话哦，不许骗我们，我们可是同学。”

另一人当即揶揄：“谁和你是同学，人家都要去化学一班了。”

“那之前也是同学嘛。”

大家围着纪然珂央求道：“快说嘛，说嘛……”

纪然珂被这些人吵得头都大了，她举起双手做投降状：“好好好，我说。”

那些人终于安静下来，一脸期待地等着她的“秘诀”。

“其实……”唉，这件事实在是有些复杂，她要怎么说呢？纪然珂在开口前情不自禁地看了一眼古岩鸣，只见他嘴角噙着一丝笑，也不知道是不是在幸灾乐祸。

她叹了一口气，慢吞吞道：“其实也没什么秘诀，这一切只是因为我最近在打篮球。”

“什么？”

“打篮球？”

“开什么玩笑？这两者有关系吗？”

正在大家议论纷纷的时候，古岩鸣突然忍无可忍似的从座位上站起来，他指着纪然珂，义正词严地说道：“纪然珂，你为什么不和大家说实话？你明明是因为请了一位非常优秀的化学老师，这个老师不仅英俊帅气、风流倜傥、玉树临风、温文尔雅、文武双全、刀枪不入，还非常善于因材施教，你就是在他的悉心指导下才取得了这样好的成绩，还说什么打篮球，也不怕误人子弟！”

“啊……”大家惊呼一声，纷纷向纪然珂投来鄙夷的目光。

“不想说就不说，有什么了不起。”

“真想不到你是这种人，还好我不用和你做同学了。”

大家埋怨一阵后一哄而散，留下纪然珂又悲又愤：“喂，你们听我解释，不是这样的，真的不是这样的……”

“哈哈哈……”古岩鸣再也憋不住了，当着纪然珂的面肆无忌惮地笑出来。

纪然珂双手叉腰，恶狠狠地瞪着这个罪魁祸首：“你真是太过分了！”

古岩鸣得意地笑着：“别忘了明天下午的训练。”说罢，把书包往肩上一甩，大摇大摆地离开了。

又到了周六，礼贤中学篮球队的队员们照例在体育馆集结训练。

大家相互交流后得知，不只是纪然珂和古岩鸣，篮球队的其他队员们也在这次考试中取得了不错的成绩。体育馆里，易维辰率先向大家鞠躬，感谢大家为球队得以继续存在而做出的努力。

对于易维辰的感谢，大家是万万不敢接受的。是他及时提醒他们在进行篮球训练的同时不能忘记对文化课的学习，是他找来各种有针对性的试卷帮他们查漏补缺，也是他孜孜不倦地给英语成绩一般的队员补课。

如果不是易维辰，他们怎么会有今天的成绩？

大家不约而同地向易维辰鞠躬道谢。

易维辰也一改往日冷酷队长的形象，露出一个笑容。

纪然珂这才发现，易维辰的笑容是这样迷人，宛如寒夜中的一簇火苗，轻易不显露人前，可是只要让人发觉，就代表着永不磨灭的希望。

训练结束后，易维辰抬手擦了擦脸上的汗水，向大家提议："考试结束了，训练也告一段落，为了犒劳这段时间的辛苦，今天我请大家出去玩，吃喝玩乐都可以，你们想去哪儿？"

古岩鸣想了想："吃喝玩乐？想要全部体验一遍的话，那只有美辰名店！"

"对啊对啊，听说这两天还有欢乐嘉年华活动，一定很有意思。"

听到"美辰名店"四个字，易维辰神色一滞，虽然他不喜欢那里，但是不得不承认，美辰名店确实是这座城市最好玩的地方，那里有琳琅满目的店铺，各个地方的美食，还有超高规格的电影院。

至于那个欢乐嘉年华，据他所知，美辰名店非常重视这次活动，活动方案做了十几个，最后选出了据说是最完美的一个，不仅有歌舞表演，还有互动游戏，非常值得一去。

见大家似乎已经等不及了，易维辰不再犹豫：“好，我们现在就去。”

一行人还没到美辰名店所在的街道，就被各种有关美辰名店的广告包围了，路灯上、楼顶上、灯箱上、驶过的公交车上，到处都是美辰名店正在举办欢乐嘉年华的消息。

“哇！”

当大家来到美辰名店门前时，更是被节日一样的气氛所感染。美辰名店店前的广场上摆满了卡通人物，来来往往的路人争相和卡通人物合影，有些人还故意摆出奇特的造型，好像自己也是卡通片里的一员。

“你们要拍照吗？”易维辰漫不经心地问。

“要要要！”纪然珂兴奋地举手，不拍照怎么能让别人知道自己来过。

古岩鸣在这时翻了个白眼：“真是的，有什么好拍的？”

本来还有些为难的易维辰顿时舒展眉头，他把手机递给古岩鸣，说：“正好，你来拍。”

“喂……”拿着手机的古岩鸣眼睁睁看着一群人在他面前聚成一堆摆好造型，说起来这还是球队的第一张合影，可惜里面没有他。

“好了没有？”有人不耐烦地催促。

“好了好了。”古岩鸣的心里很不是滋味，不过还是悉心找好角度，拍了几张自认为很不错的作品。

等他拍完后，易维辰又说：“找个人把手机给他，让他帮忙拍一下，你过来。”

古岩鸣的眼睛一下子亮了：“好啊好啊！等我！”

照片拍好了，纪然珂指着店门说：“你们快看！好像有人在发东西。”

看到店门前的人忽然多了起来，大家迫不及待地加入人群，也往那边走去。

“晚上好，欢迎光临。”穿着浅灰色连衣裙的工作人员向顾客们发放头箍。

易维辰拿到的是猫耳朵头箍，古岩鸣手里的是狗耳朵头箍，洛景予和纪然珂分别拿到了鹿耳朵和兔耳朵头箍。

“好可爱啊。”纪然珂戴上头箍，借着橱窗里的反光欣赏自己。

“可爱？女生才会觉得可爱吧？”古岩鸣撇撇嘴，他重新审视着手里的头箍，嫌弃道，“幼稚死了，傻子才会戴这种东西。”

易维辰在这时回过头，面无表情地问：“你说什么？”

古岩鸣看着他头上的猫耳朵发箍，战战兢兢地说：“没……没什么，我就是怕我头太大，戴不上。”

“怎么会？”

易维辰接过他手里的头箍想要帮他戴上，谁知道刚一用力，头箍便“啪”的一声断成两截。易维辰随即耸耸肩：“算了，你不用戴了。”

“喂喂喂，那怎么行！”凭什么别人都有头箍，只有他没有？这不公平！古岩鸣迅速跑回去和工作人员要了一个头箍，他生怕重蹈易维辰的覆辙，捧着头箍像是捧着刚出生的婴儿，一点一点掰开，又小心翼翼地戴在头上。

“你们看怎么样？人呢？喂！你们等等我！”

好在篮球队的队员们个个人高马大，在人群里一站特别显眼，想走丢都不容易。古岩鸣还记得自己上初中时就是班级里的身高担当，每次集合时，只要他往那里一站，他们班的人就会自觉聚集过来站成一队，以至于有同学亲切地称呼他为标杆。

前面的舞台上，歌舞表演已经告一段落，优雅端庄的主持人走上台，宣布下面是派发礼品的时间。主持人说，商场的工作人员会现场抛出一批福袋，每个福袋里有一张礼券，接到福袋的顾客可以用这张礼券到指定品牌挑选一件指定价格内的商品。

“哇，白给啊，这不就等于天上掉钱吗？”

当主持人宣布即将开始的时候，在场的人无不摩拳擦掌跃跃欲试。

“三,二,一……”随着主持人一声令下，绣着金线的红色福袋被一起抛了出来。

人群中一下子沸腾了，大家纷纷举高手，拼尽一切向福袋抓去。还有人使劲跳了起来，可是不管他怎样跳，福袋还是被更高处的一只大手拿去了。

古岩鸣觉得这个活动简直就是为他们量身定做的，他们本就在

身高上占据了一定优势，又因为长期接受篮球训练擅长空中抛接，他们几乎不用怎么费力，随便一伸手就抓住了福袋。这一时段派发的礼品几乎被篮球队的队员们席卷一空。

拿到福袋后，大家相互交流福袋里的礼券，有人是运动品牌的，有人是男装品牌的，有人是鞋履品牌的，还有人是母婴品牌的。

这个人正是古岩鸣。

“哈哈哈……母婴……”

“换一个奶瓶吧，平常喝水用。”

“纸尿裤也可以，这样在场上比赛的时候就不用暂停了。”

大家纷纷开着古岩鸣的玩笑，笑得眼泪都流出来了。

古岩鸣一脸黑线，气闷不已。他怎么这么倒霉，好不容易得个奖品，还是这么个东西，唉，真羡慕拿到运动品牌礼券的同学，又可以换一双新球鞋了。思来想去，古岩鸣决定把礼券转送给商场里抱着小婴儿的家长，也算是物尽其用。

商场二楼是服装区，几家品牌店正在打折促销，大家自然不会放过这个机会，每到一家挂着五折的店铺都会进去看看有没有值得买的东西。

“那边是女装，这边才是男装。”发现纪然珂走错路后，洛景予小声提醒。

“啊？哦……”纪然珂一下子红了脸。该死，她怎么忘记现在的她是个男生，还好洛景予没有忘。纪然珂从女装区那边拐回来，不好意思地向洛景予吐了吐舌头。

走在两人后面的古岩鸣也发现纪然珂原本是要去女装区的，他不由得在心里嘀咕，去女洗手间不算还要看女装，果然是变态。

一大帮人在男装区走走停停，有人拿起衣服试了试，有人兴高采烈地询问别人的意见，唯独纪然珂意兴阑珊，不知不觉间，她又走到了女装区。

女装区的布置充满了梦幻感，白色的羽毛，糖果色的木马，还有各式各样的连衣裙，仿佛公主的衣橱。

纪然珂经常看男装，也经常看女装，看男装是迫不得已，看女装则是因为不甘心。她因为身高比较高，很难买到合适的连衣裙，只能买运动装，哪怕是运动装也以男装居多。鞋子也一样，因为脚太大，她常年穿运动鞋、帆布鞋，至于女式皮鞋，很少有她的尺码。

从小到大，身高带给纪然珂的不是引以为傲的优势，而是数不尽的烦恼。总是被别人误认为是体育生，或是问她要不要当模特。在班级里太过扎眼，经常被老师叫起来回答问题，做点小动作也会被老师抓到，要不就是被同学要求擦黑板、擦门框、擦灯管。衣服、鞋子买不到合适的，只能买男款。她还要时刻提醒自己保持体形，因为个子高，只要稍稍胖一点儿就特别明显。更糟糕的是，女同学们因为和她有身高差异，不太愿意和她一起玩儿。

唉，还要看吗？说不定又是失望而归。

纪然珂刚想转身，忽然发现女装货架后闪现出一个熟悉的身影。

“易维辰，你怎么在这儿？”纪然珂大叫。他怎么会看女装，还专心致志地挑裙子，也太奇怪了吧？

易维辰看她一眼，脸上还是一贯的云淡风轻："我拿到了女装礼券。"

"这样啊……"纪然珂点头。可是，刚才大家在交流的时候他怎么没有拿出来，也许是怕被人嘲笑吧，就像古岩鸣一样。

易维辰说完，继续在连衣裙中翻找："拿到女装礼券也没什么不好，刚好可以送给我妹妹，她和你身材差不多。"

"和我差不多？"纪然珂意味不明地笑了一下，"那你很可能找不到。"

"谁说的，你看这个。"易维辰说着，将一件连衣裙从货架上拿下来，高高举起。

纪然珂一下子被那件连衣裙吸引了，裙子是时下最流行的欧美风，款式简洁大方，裙摆用了压褶装饰，平淡中带着一丝俏皮。

易维辰看向她，一本正经地问："你能不能帮我试一试？"

纪然珂下意识退了一步："这……这不好吧……"

"也是……"易维辰自嘲地笑了笑，"让你一个男生帮忙试女装是不太好，算了，就让礼券作废吧。"

"那多浪费！"纪然珂说着，一把将易维辰手里的裙子抢过来，"你等我一会儿。"

在去女装区试衣间的路上，纪然珂突然意识到自己做了怎样的蠢事！她到底是怎么回事，怎么会头脑一热，答应帮易维辰试女装？

天哪！她是真的不想让礼券浪费，还是有别的原因？纪然珂思来想去，只能想到一种可能，难道说在她的潜意识里，她十分渴望易维辰能发现她是女生？

“啊！”

穿上连衣裙的纪然珂站在试衣间里迟迟没有出去。不得不说，易维辰的眼光不错，这件衣服穿在她的身上，无论是风格还是尺码都十分适合，唯一美中不足的是她的短发和这件颇为淑女的裙子配在一起很不协调。

“如果是长发就好了。”纪然珂失落地想。易维辰会看出来她是女生吗？如果他发现她是女生，还会让她留在篮球队吗？

当纪然珂重新站在易维辰面前时，易维辰发现她还是原来的装束。

“怎么了？”易维辰疑惑地问，眼中似乎有说不清道不明的失落闪过。

“穿不上。”纪然珂沮丧地说。

易维辰若有所思地点头：“男生的骨架是要大一些，没关系，我把礼券送给我妹，让她自己来试好了。”他低头看了看表，“时间差不多了，叫上大家一起去电影院吧。”

“好。”纪然珂一边向店外走去，一边回头看了一眼那件连衣裙，真是可惜啊，好不容易遇到一件合身的连衣裙却没有机会穿出来。

正在这时，女装区的店员追出店门，她拿着一部手机，向纪然珂挥手：“我在试衣间里发现的，是你的手机吗？”

纪然珂摸了一下口袋，发现里面空空如也，她猛然想起来，在试衣间的时候，她把手机拿出来却没有放回口袋，还好被店员发现了。

她刚想从店员手里接过手机，随着“咦”的一声，横过来的一只手率先把手机拿了过去。

手机屏幕还亮着，易维辰看着那张照片，渐渐皱起眉头。

糟了，要被发现了！

纪然珂在穿上连衣裙后用手机自拍了一张，因为觉得不错就没有删掉，匆忙间也没来得及锁屏，现在刚好被易维辰看到。

纪然珂在顷刻间紧张到无法呼吸，她小心翼翼观察着易维辰的表情，两只手握成拳，手心里全是汗！如果他看出自己是女生，会是什么反应，会不会觉得自己骗了他，会不会把她赶出篮球队？她还想参加高中篮球联赛呢！

时间一分一秒地流逝，明明只有很短的时间，纪然珂却觉得有一个世纪那么长。

终于，易维辰抬起头看向她，眼中的惊诧与迷惑不言而喻。纪然珂逃避似的低下头，两只手不安地绞在一起。

“你这不是穿上了吗？”易维辰问。

“那个……那个拉链拉不上。”纪然珂满脸通红，语无伦次地回答。

“哦。”易维辰答应一声，拿着手机又看了一阵。

让人心慌的沉默席卷而来，纪然珂觉得自己的心快要跳出来了，突然间，易维辰把手机递给她，说：“还给你。”

“啊？就这样？”

“不然呢？”易维辰反问，接着去男装区找其他队员去了。

……

望着易维辰的背影，纪然珂不知道是该庆幸还是该无奈，如果不是一丝理智尚存，她真想冲上去抓住易维辰的领子质问，为什么？为什么他看了她穿女装的照片，还是看不出她是女生？难道是她的长相有问题，还是身材有问题？她真的这么差劲吗？

去电影院的路上，纪然珂明显有些闷闷不乐，其他队员倒是兴奋地说着时下最火的电影，据说这部电影十分搞笑，来电影院看电影的人都是冲着这部片子来的。

在易维辰的带领下，篮球队的队员们走进电影院，又向放映厅走去。

电影很快开始了，几分钟后，纪然珂感到说不出的怪异，当片名出来时，她终于确定了，这根本不是什么喜剧片，而是一部恐怖片。更让人气愤的是，这部片子的拍摄手法十分老套，无非就是用突然放大的声音或是突然出现的东西吓唬人。

可是，纪然珂不得不承认，这招真的很好用，因为她明明能猜到下面的剧情，可还是被那些“突然”吓个半死。

“啊……”

当她又一次尖叫出声时，易维辰抱歉地说：“对不起，我不知道这是恐怖片，我只是觉得这个放映厅没什么人。”他们因为身高问题，有可能会挡到别人，自己坐得低一些又觉得不舒服，所以特意挑了一个没人的放映厅，并没有顾及这个放映厅放的是什么片子。

洛景予也在一旁安慰：“没什么可怕的，都是假的，来，吃爆米花。”

古岩鸣揉着酸痛的额角嫌弃道：“你能不能不要叫了，你叫得比

鬼都吓人，影响我睡觉。”

“对不起，我也不想。”纪然珂在心里苦笑，要是她也有在电影院睡着的本事就好了。

不知不觉间，古岩鸣又睡着了，等他再次睁开眼时，纪然珂已经不见了踪影。呵，一定是被吓得退场了吧，胆小鬼。

他迷迷糊糊打了个哈欠，从座位上站起来，准备去一下洗手间。

影院内的洗手间在走廊最里面，还没睡醒的古岩鸣远远看到一高一矮两个人站在洗手间门口，好像发生了争执。

那个矮一些的女生指着另一个高一些的“男生”大喊:“大变态！你一个男生竟然进女洗手间！”

古岩鸣一下子清醒了，他使劲揉了揉眼睛，确定他没有看错，那个被骂“变态”的人正是纪然珂！

他的第一反应是，会不会有什么误会？几秒之后他才反应过来，什么误会，他不是也曾亲眼看到纪然珂从女洗手间出来吗？他还为此郁闷了很久,发誓要在众人面前揭穿纪然珂的真面。现在机会来了，他怎么反倒变得惴惴不安？

女生指着纪然珂，口不择言地大骂 :“你都看到什么了？今天绝不能就这么算了！你等着！我马上报警！”

听到“报警”，古岩鸣一下子慌了神，纪然珂的脸上却没有什么特别的表情，她甚至流露出一丝厌倦，好像已经习以为常。

事实上，对于处理这种事，纪然珂已经摸索出了一种行之有效的解决方法，通常情况下，她会这么做……

“啊……”古岩鸣的眼睛迅速放大，下意识叫出了声。

天哪，他看到了什么？纪然珂竟然抓住那个女生的手摸向自己的胸口，然后那个女生的脸就像被煮熟的虾子一样变红了。不仅如此，她还不停地向纪然珂鞠躬道歉，整个人羞愧得恨不得找个地缝钻进去。

“对不起，对不起……”女生完全不敢看纪然珂的眼睛，她用手提包挡着脸，慌慌张张地逃走了。

“发生了什么？难道纪然珂会魔法？不可能啊。这到底是为什么？”古岩鸣怎么也想不明白，他慢慢走过去，想要用亲身实践揭开谜底。

“啊！”

“啊！”

接踵而来的两声尖叫透过屋顶，直冲云霄。

纪然珂将两手挡在胸前，破口大骂：“变态！”

古岩鸣看着自己的手，说不出话，他不知道是该相信自己的眼睛，还是该相信自己的手。过了好一会儿，他才哆哆嗦嗦地问：“你什么时候变成女生的？”

纪然珂毫不客气地白了他一眼：“你这叫什么话，我一直都是女生。”

古岩鸣觉得三观都被摧毁了：“那你怎么会加入男子篮球队？”

“我……我怎么知道……”纪然珂现在想起来都觉得不可思议，她把之前的事情挑挑拣拣向古岩鸣说了，又说自己看在球队找不到

人的份儿上,愿意凑个人数,好帮他们完成参加高中篮球联赛的梦想。

此刻的古岩鸣哪有心思听这些,他有限的脑容量已经被一个信息填满了——纪然珂是女生,纪然珂是女生,纪然珂是女生……

这么说,之前的事情都是误会,纪然珂根本不是偷偷去女洗手间的变态,因为她本来就是女生,而自己,不但不关心她照顾她,还总是抓住一切机会对她冷嘲热讽,这么看来,自己才是那个让人不齿的大变态!

古岩鸣身子一软,勉强靠在旁边的墙上才没有栽倒下去。

他真是太坏了!

纪然珂身为女生,愿意为了别人的梦想隐瞒女生的身份和一群臭烘烘的男生打篮球,在篮球队的这些日子,面对这么大的训练强度,她从未有过抱怨,甚至比男生更努力、更刻苦。

而他又做了什么?

不但不加以鼓励,还竭尽所能讽刺挖苦。

古岩鸣快要后悔死了。

看到古岩鸣的脸色不太好,纪然珂本想关心一下,可是一想到古岩鸣对自己做过的种种事情,她又指着他警告道:“喂,你们以前不是总说我不行吗,我现在偏要打出成绩给你们看,我是女生的事情你千万不要告诉别人,尤其是易维辰,要是我被赶出了篮球队,我也不让你……”

其实纪然珂并不确定这么做有没有效果,就算她被赶出篮球队,她也不能真的把古岩鸣怎么样。

然而，出乎意料的一幕发生了，原本从没给过她好脸色的古岩鸣竟然用一种慈爱的、怜惜的、前所未见的眼神注视着她，他微微躬身，卑微得像是公主的奴仆，语调也变得无比温柔：“你放心，从今往后，你让我做什么我就做什么，你不让我做的我坚决不做，至于易维辰，今天我就把话放在这儿，他要是敢把你赶出去，我古岩鸣先把他赶出去！”

“你说什么？”

翩然而至的声音让古岩鸣本就卑微的身子彻底瘫了下去，糟糕，易维辰怎么来了？古岩鸣缓缓转身，满脸堆笑：“没……没什么……”

“哦。”易维辰看了看古岩鸣，又看了看纪然珂，转身进了洗手间。

对于纪然珂而言，让古岩鸣知道自己是女生并没有想象中那样可怕，事实上，她确实少了不少麻烦，不过相比之下，她宁愿永远不让古岩鸣知道自己是女生，因为他真的是太烦人了！

这天下午，篮球队队员们在体育馆集合训练。易维辰照例向大家布置今天的训练任务：“下面开始热身训练，高抬腿一百个，跨步跳一百个，蛙跳一百个，然后到田径场跑五千米……”

易维辰的话还没有说完，站在队伍里的古岩鸣突然扑出来哀号一声：“不要啊……”他双手抱头，看上去格外痛苦。

“怎么了？你有什么问题吗？”

“不是我，是……”古岩鸣下意识往纪然珂那边看了一眼，可是想到和纪然珂的约定，他只能马上改口，“训练强度太大了啦，有人会受不了的。”古岩鸣几乎要跪在地上，向易维辰苦苦哀求。

易维辰不明白：“我们以前不都是这么训练的吗？”

古岩鸣感觉到身体里的力量正在汇集，可是又无处发泄，他只能扭着身子小声辩解：“以前是以前，现在是现在。”

易维辰转向其他人，高声问：“你们完不成吗？”

“能！”众人齐声大喊，纪然珂的声音尤其响亮。

易维辰不再理会古岩鸣，向众人下令：“开始。”

望着易维辰的背影，古岩鸣把粗粝的大手握成小拳拳：“哼，早晚有你后悔的时候。”

热身训练结束，篮球队分成两组进行模拟演练，易维辰在一旁观战，时不时根据比赛中出现的问题进行指导。

“纪然珂！脚步要快，不要给对手可乘之机！防守时不要盯着篮球，要盯着人，跟着人跑！再贴得对手紧一些！”易维辰的声音又高又急，听上去就像骂人一样，终于，有一个人受不了了。

古岩鸣把手里的篮球一扔，大叫一声：“易维辰，你怎么这样和她说话！还要她……”还要她再贴得对手紧一些？

所有人都停了下来，不明所以地看着他。易维辰更是一头雾水：“有什么问题吗？”

“当然有问题！”古岩鸣怒不可遏。

纪然珂怕他说出不该说的话，赶忙用咳嗽声提醒他：“咳咳咳……”

古岩鸣看了她一眼，强忍内心怒火，苦口婆心地劝易维辰：“你妈妈没有告诉你，你这样说话很容易伤害到队员之间的感情吗？”

易维辰面无表情地转向纪然珂，问：“我伤害到你了吗？”

“没有！”纪然珂大声回答，“体育馆这么大，不大声吼根本听不到，再说了，严师出高徒，您越是严厉地对我说动作要领，越是能给我留下深刻的印象。”

易维辰又看向古岩鸣，问：“你还有什么问题吗？”

“我……”他当然有问题，可是……古岩鸣看看纪然珂，又看看易维辰，气得不知道该说什么好。

两个小时后，易维辰向大家宣布训练结束，与此同时，他又对纪然珂说：“你留下，加练一千个投篮。”

纪然珂还没说话，古岩鸣率先呐喊：“不行！”

“为什么？”这一次，彻底失去耐心的易维辰皱起眉。

“你不能这么对她……”古岩鸣的话里带着哭腔。

易维辰的眉头皱得更深：“古岩鸣，你今天是怎么了？”他以前不是经常针对纪然珂吗，今天怎么会变成这副样子，不但处处维护她，还不惜为了她顶撞自己。

目光落在纪然珂身上，易维辰的心蓦然一紧，一个念头在他脑中闪过——难道古岩鸣也发现了什么？联想到两人在电影院洗手间外说话的场景，易维辰越发觉得很有这种可能。像是只属于自己的小猫被别人摸了一把，他迅速看向古岩鸣，等着他的回答。

“因为她……”在纪然珂略带威胁的眼神下，几乎要将真相和盘托出的古岩鸣终于想到一个完美的借口，“因为她救了我一命，昨天放学的时候我差点儿摔下楼梯，还好她及时扶住我。我以前那样对她，

她还愿意救我，我现在特别后悔，我已经认识到了自己的错误，从今往后，我会竭尽所能弥补自己的过失，以一个队友的身份关心她、爱护她……”

真的是这样吗？易维辰右手捏着下巴，将信将疑。

一旁的纪然珂实在听不下去了，她生怕古岩鸣再生事端，一把将他推到一边："好了好了，我的事不用你插手，你快走吧。"她怕他赖在这里，看着他出了球场才放心。

古岩鸣当然不会就这样放弃，他刚出球场又偷偷跑了回来，扒在栏杆上恋恋不舍地看着纪然珂，咬着球衣在心里哀号："小然然，你真是太可怜了！"

DIJIUZHANG

第九章

来了！篮球界超级巨星

时间进入新的一月，宣传美辰名店欢乐嘉年华活动的广告全部撤下，取而代之的是简简单单的一行字：超级球星乔比斯空降本市。

“乔比斯要来了？”这是近一段时间全城人最为热衷的话题。

据说鉴于乔比斯行程紧张，此次中国行只会到访三个城市，而本市就是其中之一。乔比斯此次最重要的活动是在美辰名店为自己代言的球鞋做商业推广，另外，因为他一直心系少年篮球的发展，他还会抽出时间到当地的一所中学和中学生们做互动交流。

作为当今世界篮坛最炙手可热的球员，哪怕并不怎么关心篮球的人也会从各种渠道听到乔比斯的名字和光辉事迹。乔比斯是奇迹和梦想的象征，是很多人的精神寄托，如果能和乔比斯见上一面，该是多么幸福的事情。

乔比斯要来本市的消息刚刚传出来，大家便开始打听怎么才能见到乔比斯，毕竟，这很可能是一生中仅有的能够接近乔比斯的机会。然而，主办方美辰名店因为担心现场人数过多引发危险，极大地提高了见面会的门槛，只有在美辰名店消费到一定数额的顾客才能进入见面会和乔比斯亲密互动。

见面会没机会，不是还有中学生交流活动吗？

据悉，中学生交流活动的地点定在唯实中学体育馆，因为唯实中学是本市的传统篮球强校，学校篮球氛围浓郁，学生篮球水平高，乔比斯出现在那里，最合适不过。

一些人为这个消息感到兴奋，一些人为这个消息感到失望，礼贤中学篮球队正是后者。

“乔比斯是不是瞎了眼，他为什么不来我们学校？非要去唯实中学？也不看看他们篮球队都是些什么人？”古岩鸣愤愤不平地说道。

纪然珂重重地叹了口气：“乔比斯是要和中学生交流篮球，又不是交流怎么解方程。就算乔比斯不去唯实中学，也会去第三中学、第五中学，反正不可能来我们学校。”除非礼贤中学能在高中篮球联赛上崭露头角，不然根本不可能获得其他人的重视。

当众被人反驳了一通，古岩鸣显得很没面子，他指着纪然珂大吼：“你！”不过一瞬他又变成温顺的小狗，舰着脸说，“嘿嘿嘿，你说得对。”

洛景予安慰大家：“不要灰心嘛，山不过来我过去，乔比斯不来，我们可以去找他，不过怎么才能进入唯实中学又不被人发现呢？”

一直默不作声的易维辰在这时抬起头，说：“我有办法。”

坐落在裕华路的唯实中学和礼贤中学完全是两种风格，在这里，校外的展板上写的不是本校学生在学科竞赛中获得怎样的奖项，在

全市联考中获得怎样的成绩，而是校篮球队的最新消息，民乐团的演出信息，要求各班积极筹备“万国美食节”的通知。

相比礼贤中学，在这里上学的学生悠闲自在了不少，大家或是聚在路边吃着小吃，或是手捧奶茶交流八卦，偶有老师路过，大家也不会像老鼠见了猫似的，而是大吼一声，说：“强哥，你的新发型真酷！”

纪然珂贪婪地看着这一切。

曾几何时，她也有过这样美好的时光，直到考入礼贤中学，一切都变了。说实话，在老师同学的督促下，她的成绩是好了不少，不过相应地也失去了很多。好在她阴错阳差加入篮球队，这才让她在无休无止的学习中稍稍有了喘息的机会。

不多一会儿，易维辰回来了，他拎着一个大袋子，脸上依旧漠然，没有什么表情。他把袋子里的东西拿出来，说：“穿上。”

大家一看，发现那是唯实中学的校服。

他们怎么忘了？易维辰是从唯实中学转学过来的，自然认识不少唯实中学的学生，而他们穿上唯实中学的校服后，谁还能看得出来他们是礼贤中学的人？

这真是个好办法！他们马上就能进入唯实中学，见到乔比斯了！

大家欢天喜地地把校服换上，然而问题出现了，篮球队的队员们个个人高马大，又高又壮，这些校服穿在他们身上明显小了一圈，古岩鸣甚至因为肩膀太厚连穿都穿不上。

纪然珂看不下去，开口道：“我和你换。”

“真的吗？”古岩鸣感激涕零，他简直想扑上去给纪然珂一个大大的拥抱，“小然然，你真是太好了，你简直就是小仙女，不不不……”他在意识到不对后马上改口，“是小仙男。”

“……”纪然珂无语。

换好衣服后，大家再无顾及，易维辰因为曾在唯实中学学习过，对里面的构造最为熟悉，他理所当然走在最前面，其他人跟在他的身后，不时向四处张望。

为了迎接乔比斯的到来，唯实中学张灯结彩，布置一新，海报、横幅、彩带无处不在，一路红毯铺地直达体育馆。

唯实中学体育馆和礼贤中学体育馆的规模差不多，但前者比后者多了一些东西。在刚进体育馆的大厅中，玻璃柜里摆满了唯实中学篮球队获得的奖杯奖牌。在通往赛场的走廊里，一面墙上挂着历届篮球队的合影，一面墙上挂着篮球队比赛时的照片。

不过，接下来的一幕更让纪然珂感到震撼。

唯实中学体育馆上空一字排开悬挂着十几张巨幅海报，那是唯实中学篮球队的成员们。宋乾坤的海报被挂在最中间，他双手抱胸不怒自威，颇有队长的派头。

纪然珂注意到易维辰也在看那些海报，她突然想起来，他在转学前也是唯实中学篮球队的队员，他的海报是不是也曾挂在这里，接受众人的仰望。

一行人刚刚找到地方坐下，突然间，体育馆里响起一阵惊天的呼喊，所有人从椅子上站起来又叫又跳，还有人把校服脱下来拿在

手里挥舞。

纪然珂的第一反应是乔比斯来了。

她激动地探头一看，发现此刻站在球场中央的并不是乔比斯，而是她的表哥、唯实中学篮球队队长宋乾坤。

看台上的人群继续呼喊着：

“宋乾坤！你是最棒的！”

“宋乾坤！我们爱你！”

“宋乾坤！加油啊！”

纪然珂简直不敢相信这是真的，那个在家族宴会上总是被长辈数落“不上进”的宋乾坤,竟然在他们看不到的地方拥有这么多粉丝。

宋乾坤穿着代表唯实中学篮球队的红色球衣，他先是热情地向大家招招手，然后示意大家安静下来。

电子屏幕上播放了一段有关乔比斯的宣传片，宣传片结束后，宋乾坤让大家和自己一起倒数。

“三,二,一……”

在彩色礼花和白色烟雾的包围中，乔比斯出现了！他穿着灰色运动服，踩着那双风靡世界的签名球鞋，伸出手和场边的同学们一一击掌。来到球场中央后，他从主持人手里接过麦克风，用中文向大家说了一句：“你们好！”

“啊！”

体育馆内再一次沸腾了，掌声、欢呼声比之前一次更为热烈。

纪然珂用双手捂着嘴，激动得快要哭出来，她不敢相信这一切是真的，她竟然真的见到了超级球星乔比斯！

按照活动安排，宋乾坤会作为学校篮球队代表向乔比斯展示他的扣篮技艺。

激动人心的时刻到来了，球场内的灯光渐渐暗下，只留一束光线照亮了宋乾坤和他面前的篮球架，喧闹的音乐停止，所有人都屏息凝视等待着宋乾坤的爆发。

起步、助跑，宋乾坤在腾空而起的同时将篮球从胯下扔向篮板，然后双手持球暴扣。这是球星乔比斯的招牌动作，在当年冲击总冠军的决赛中，他就是凭借这个动作骗过防守对他的狙击，在最后一秒将篮球送入篮筐。

“砰……啪……”随着一声闷响，篮球穿过篮筐后重重地砸在地上。而宋乾坤本人则挂在篮筐上，宛如登上了世界之巅。

“啊！”

爆炸式的欢呼四起，在场的同学们都被宋乾坤精湛的技艺折服，就连站在一旁的球星乔比斯也鼓起了掌，向宋乾坤露出欣慰的笑容。

这算什么？他还有更厉害的！

宋乾坤从篮筐上跳下来，走上几步，环视一周。他随手一指站在场边的篮球队队员说：“你，过来！”

“是。”

那人过来后，宋乾坤又指了两个矮一些的啦啦队队员，说：“你，还有你，也过来，你们排成一列。”他用脚一点离篮球架不远的地方，示意三人在这个位置站好。他在心中计算一阵，反复调整了三人的

位置，然后让站在最后的篮球队员将篮球举在头顶。

“这是什么意思？”纪然珂不明白，有人挡在篮下的话，他还怎么扣篮呢？

在大家疑惑的目光中，宋乾坤慢慢后退，他忽地停下来，深吸一口气。

要开始了！

所有人的目光汇集在宋乾坤身上，大家一动不动的，连眼睛都不敢眨一下。

宋乾坤在助跑两步后，瞬间拔地而起，在那一刻，他似乎不是一名篮球队员，而是隐匿在人群中的武林高手，让人怀疑是不是真的有轻功存在。更让人振奋的一幕出现了，他在双脚离地的瞬间用双手抓起队友顶在头上的篮球，凭着惯性从三人身上飞越过去，将篮球扣进篮筐。

“啊！”顷刻间,球场上下掌声雷动,还有人没有从震惊中回过神,怔怔地盯着篮筐。

激动过后，大家心中又生出些许惋惜，可惜这里没有视频回放，那么精彩的瞬间，不能拿出来反复回味，他们只能祈祷此刻的自己看得再清楚一些，记得再牢一些，好让自己不留遗憾。

完成扣篮后，宋乾坤在第一时间看向乔比斯，这是他为了迎接乔比斯特意训练出的动作，队员在得知他的想法后，劝他稳妥一些，飞跃一个蹲着的人就好。

队员说：“乔比斯什么没见过，你就算练出了飞跃三人扣篮，在他那里也不值一提。”

“要是没扣进怎么办，我是说万一啊，要是一个没掌握好摔下去，在乔比斯和全校师生面前丢人也就算了，再把您摔出个什么好歹的，得不偿失啊。”

“队长，三思啊！我们还等着您带领我们拿下高中篮球联赛冠军呢！”

宋乾坤这人有个毛病，只要是他认定的事情就绝不更改，他说要飞跃三人扣篮，就一定要飞跃三人扣篮，哪怕摔得粉碎性骨折也在所不惜。

为了练出这个动作，宋乾坤还真摔了不少次，好在球队的保护措施到位，他也因为长期打篮球有了防护经验，并没有出现什么大碍。不过，队员们还是为他捏了一把汗，因为他并不是每次都能扣篮成功。

这真是一个残酷的现实。

对于一名篮球运动员来说，在平常的训练中即便有90%的投篮命中率，可是只要在赛场上，一个关键球没有投进，那就是0%。宋乾坤也一样，不管他如何吹嘘自己已经能够完成飞跃三人扣篮，只要在活动现场扣篮失败，那他就是大家眼中不自量力的笑话。

事实上，很多事情都是这样，成王败寇，要的不只是努力，还需要那么一点点运气。

好在宋乾坤终究受到了上天的眷顾，他成功了，不仅收获了全校师生的呐喊，还让超级球星乔比斯刮目相看。乔比斯向宋乾坤竖起大拇指，一连用英语说了几个非常好。

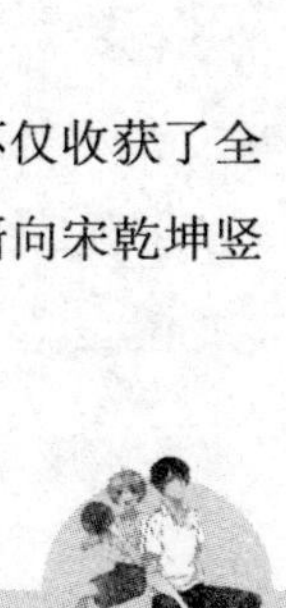

能够获得乔比斯的肯定，宋乾坤别提多得意。

职业队教练又怎样，他能比乔比斯厉害吗？

不知怎的，在这个灯光璀璨万众瞩目的时刻，他突然想起一个人。

曾几何时，他在这里和自己并肩作战，一起接受同学们的喝彩。如果他在这里的话，会是什么样子？宋乾坤的心中一阵失落，又一阵庆幸，最后，所有的情绪被一声微不可闻的叹息取代。

那边，主持人宣布进入下一个环节。由主办方的工作人员现场挑选同学进行一场篮球友谊赛，由乔比斯担任裁判。

很快，穿着球衣的同学们入场，包括宋乾坤在内，大家平均分为两队。

当宋乾坤看到站在他对面的对手时，他几乎不敢相信自己的眼睛："易维辰？你怎么会在这里！"

易维辰面色如常，好像根本没看到他似的。

主持人准备宣布比赛开始，却被宋乾坤大声喝止："等一下！这个人不能参加比赛，他不是唯实中学的学生。"

"啊？"听到宋乾坤的话，全场一片哗然。不是唯实中学的学生，那是谁？唯实中学怎么会允许外校的学生进来，还是这么重要的场合？

在一片混乱中，有穿着制服的工作人员跑上来，对主持人说了什么。随后，主持人笑容可掬地向全场宣布："这位同学是主办方邀请的嘉宾。"

“原来如此……”

“我就说嘛，这次活动的安保极严，怎么可能会让不相干的人混进来。”

别人会信这种鬼话，宋乾坤不信，他冲上去对主持人说：“你别骗我了，活动流程是什么我再清楚不过，根本就没有什么嘉宾。”

主持人抱歉地笑笑，她关掉麦克风，对宋乾坤小声说：“是主办方临时加的，你要知道，乔比斯会来我们市，完全是看在主办方的面子上，就连我们这次活动也是主办方赞助的，所以只要是主办方的要求，我们一定尽力满足。”

主持人一边说着一边向易维辰所在的方向抬了抬下巴，神神秘秘地说：“对了，我听说这个人好像是主办方董事长的儿子。”

董事长的儿子？这对宋乾坤来说真是个既熟悉又陌生的词汇，熟悉是因为经常在电视剧里听到，陌生是因为这还是第一次出现在现实里。

宋乾坤不相信，他和易维辰做了一年的同学兼队友，易维辰明明和其他人没什么两样，既没有纨绔子弟的习气，也没有惹眼的豪车接送，现在居然说易维辰是什么主办方董事长的儿子？

“你说的是哪个主办方？”宋乾坤追问。

主持人发出“嗤”的一声，似乎是在嘲笑宋乾坤糊涂了：“还能有哪个主办方，就是美辰名店啊。”

美辰名店……

相比隐藏在易维辰身后的家世，易维辰出现在这里带给他的震

撼已然不值一提。因为宋乾坤忽然想起一件事，几个月前，乔比斯的签名球鞋刚刚上市，而签名球鞋只在美辰名店有卖。好巧不巧，他在那里碰到了同样去买球鞋的易维辰。宋乾坤有意在易维辰面前显摆一下，不仅当着他的面买下乔比斯的签名球鞋，还给自己的队友们一人买了一双篮球鞋。

当时的他虽然隐隐感到肉疼，但是只要能让易维辰难堪，他就觉得值得。

谁能想到……

美辰名店竟然是他家开的！难怪易维辰会故意说什么队长穿好鞋，队员穿烂鞋，逼得他不得不让每个队员挑了一双球鞋，原来他这是在给自家商场冲营业额呢！

想到这里，宋乾坤倏地看向站在不远处的易维辰，恶狠狠地盯着他。

感受到宋乾坤不怀好意的目光，易维辰漫不经心地回看一眼，脸上自始至终都没什么表情。

“呵……”这真是太可笑了，宋乾坤忍不住自嘲。他居然还在为买球鞋的事情沾沾自喜，觉得他总算在易维辰面前扬眉吐气了一回，谁知道他一早便被易维辰玩弄于股掌之间。

宋乾坤越想越气，他在心中发誓，是时候来一场真正的对决了。

哨声响起，友谊赛正式开始。

宋乾坤率先拿下球权，他急停跳投，一击即中。

篮球到了易维辰手里，他拿到球后并没有着急，而是和宋乾坤不紧不慢地缠斗，最后，易维辰来了一招假投篮真传球，把球传给外线的队友命中三分。

宋乾坤也想回一个三分，可惜这一球稍稍偏了一些，不仅没有打进，还被易维辰抢到了篮板。

易维辰一个长传甩给队友，队友迅速跑到篮下，在对手还来不及回来防守的时候，轻轻松松带球上篮。

几个回合后，比分渐渐拉开。

宋乾坤彻底慌了，输给易维辰已经很让他丢脸，更别说是在全校师生、球星乔比斯面前输给易维辰。

宋乾坤越是心急，越是不信任队友，只想着自己单打独斗。可是这一次，上天再没有眷顾他，他频频出手却总是不得要领，球不进不说，还被对手抓到机会完成反攻。

都怪易维辰！如果不是他这么严密地防守自己，自己也不会因为受到干扰投不进球。

攻守转换，球权来到易维辰这边，站在篮筐下的宋乾坤死死盯着那个人，新仇旧恨一起涌上心头。

这一次，他一定要狠狠地防守回去。

易维辰带着球过来了，比赛进行到这里，这还是他第一次自己带球突破，眼看他已经起跳，宋乾坤立刻冲过去防守。飞身跃至半空的易维辰被宋乾坤站在那里一挡，身体立刻失去重心，他不仅没有把球投进，还头朝下向地板砸去。

“啊……”易维辰落地的闷响惊动了在场的每一个人，大家倒吸

一口气，祈祷易维辰不会出现什么危险。

“你还好吧？”宋乾坤率先上前，“你怎么这么脆弱，随便碰一下就倒了。”

易维辰抬起头看向他，没有说话。

应该很疼吧，宋乾坤默默地想，以至于易维辰平日里异常坚韧的目光都变得有些微茫，说不定他已经摔蒙了，根本没看清眼前的人是谁，可宋乾坤就是觉得这个眼神有特别的含义，让他不可抑制地打了个冷战。

很快，乔比斯的哨声响起，他向全场观众宣布，宋乾坤刚才的防守属于恶意犯规。

看到那个代表恶意犯规的手势，宋乾坤一下子跳起来：“为什么！”他只是很正常地防守了一下，为什么会是恶意犯规？凭什么易维辰防守他可以，他防守易维辰却不行？

乔比斯的脸色并不好看，他用手指着宋乾坤，异常严厉地说着什么。可惜他说的是英语，宋乾坤听了半天，一句话都没有听懂。

正在他急得抓耳挠腮的时候，一个沉稳的声音缓缓响起：“他说，每一个在球场上拼杀的球员都是为了赢，但这并不代表可以用一些让人不齿的小动作。”易维辰从地上爬起来，将乔比斯的话翻译给宋乾坤听，“如果你想成为真正的篮球大师，除了拥有高超的球技，还要有令人敬佩的品格。正常的防守是跳起来和对方拼抢，而不是像你刚才那样突然出现在那里站着不动，只要是打过篮球的人都知道这个动作意味着什么，你，真的很让我失望。”

“才不是！”宋乾坤大吼一声，他挡在乔比斯的面前，迫不及待地解释，“明明就是他技术不好，我刚刚扣篮不也跳起来飞跃了三个人吗？刚才只有我一个人他也飞不过去，这到底是谁的问题？如果换成是我，我一定不会摔在地上。”

面对宋乾坤的辩解，乔比斯双手一摊，没有理会。

宋乾坤明白过来，他在这里说汉语乔比斯怎么能听懂？他将目光落在易维辰身上，抓着他的胳膊催促道：“你！快快快，快给我翻译回去！”

易维辰面不改色，他慢慢揉着刚才摔痛的手肘，漠然道：“有本事你自己用英语和他说。”

事实上，宋乾坤的解释根本站不住脚，宋乾坤扣篮时已经对挡在前面的人有了预判，而这次则是在自己准备上篮时突然冲出来挡在那里。

其实这种看到对方要上篮，不去起跳，而是用身体挡在下面的行为，在篮球界被称为“背人”或“扛人”，这个动作表面上看好像是在防守，实际上就是想让对方在空中失去重心狠狠摔下，而且跳得越高，摔得越重。

乔比斯久经沙场，什么套路没见过，宋乾坤做了就是做了，再怎么解释也没有用。

宋乾坤不甘心，易维辰不给他翻译，他又开始向其他人求助。

他看向自己的队员们，暴跳如雷地指着他们：“你！你！还有你！你们谁会英语？谁能翻译出来，我让他当副队长！”

“不不不……”哪怕有副队长的职位作为诱饵，他们还是很有自知之明地连连后退。

“队长，你这不是为难我们吗？上次我说要上英语课，你非让我去训练，我现在也是心有余而力不足。”

宋乾坤绝望了，都怪他平常为了打篮球放松了对文化课的学习。他上课的时候不是睡觉就是看球赛，他又因为是篮球队的，老师知道学校要靠他为校争光，平常也不怎么管他，结果学习成绩一落千丈，连简单的英语口语都不会。

现在，宋乾坤终于体会到了什么叫书到用时方恨少。

比赛结束，易维辰一队获胜，乔比斯亲手把奖牌颁发给易维辰一队的队员们。一旁的宋乾坤看在眼里，又羞又怒。

“没关系。”他暗暗安慰自己，下面还有一个教学活动，这一次，他一定会光明正大地赢过易维辰。

根据安排，在这个环节里，先由乔比斯教同学们一个扣篮动作，然后让在场的同学们模仿，能够成功完成动作的即视为获胜者。

乔比斯选择的扣篮动作是助跑后在空中完成360度转体，单手劈扣。

在乔比斯的指导下，场上的同学们只有易维辰和宋乾坤做到了，然而乔比斯只对易维辰表示了赞赏，对宋乾坤却什么也没说。

宋乾坤这才发觉，有时候一个人给另一个人的坏印象一旦形成，很可能做再多事情都扭转不回来了。

“呵……”为什么！为什么会这样！职业队教练是这样，超级球星乔比斯也是这样，为什么所有人都更加青睐易维辰，而不是他宋乾坤！

在宋乾坤悲愤交加的眼神中，整场活动结束了。

在乔比斯准备退场时，易维辰趁机向乔比斯提出一个请求。他说他和队友们都十分崇拜他，希望可以得到他的签名。

乔比斯欣然应允，他接过笔，不厌其烦地在易维辰准备好的几件球衣上签下名字。

见易维辰拿到了乔比斯的签名，宋乾坤也凑了上去，他扯着自己的衣服向乔比斯示意，乔比斯却因为一直低着头没有看到他。

宋乾坤急了，这可能是他这辈子仅有的能够得到乔比斯亲笔签名的机会，他怎么能就这么错过？

宋乾坤比画了半天没有效果，不得不厚着脸皮向易维辰求助："喂，你和他说，让他也给我签一个。"

易维辰头也没抬："要说你自己说。"

"我……"很难想象，跋扈如宋乾坤居然也有被逼无奈红了眼眶的时候，而这一切仅仅是因为他不会英语！

那一刻，宋乾坤在心中发誓，从今往后，他一定好好上英语课，不，是好好上所有课，好让他在之后的日子里再也不会有这样丢人的时刻。可是就算他有一天英语流利到能轻松和外国人对话，和乔比斯对话的机会却永远失去了。

乔比斯给易维辰签完名，再次朝看台挥手向同学们告别。

万分沮丧的宋乾坤悄悄退了一步，落寞地低下头，正在这时，

易维辰却对他说了一声“等着”。然后他用英语对准备退场的乔比斯说：“您能等一下吗，我还有一个队友想要签名。”

乔比斯欣然应允，然而早已等候多时的保镖们在这时冲了进来，把乔比斯围在当中护送走了。

有些事情，错过了就是错过了……

场边的隔离带被撤走，礼贤中学篮球队的队员们纷纷跑下来，大家围着易维辰，七嘴八舌。

纪然珂露出敬佩之色：“哇，你太幸运了，能和乔比斯这么近距离接触，真奇怪，那么多人，工作人员怎么一下子就选中了你？”

古岩鸣问：“快说说，乔比斯和你说什么了？”

洛景予微微蹙起眉：“刚才那一下摔得不轻，你还好吧？”

“我没什么。”易维辰一边说着，一边把签名球衣分发给大家。

古岩鸣一眼看到站在不远处默不作声的宋乾坤，厉声道：“喂！你这个人也太卑鄙了吧，竟然使出这么下三烂的招数，要是易维辰受了什么伤，你赔得起吗？”

“算了。”易维辰及时喝止古岩鸣，“他现在应该很不好受，不要再刺激他了。”他相信此刻的宋乾坤一定在为自己的行为后悔。

然而，易维辰想错了。

“呵……”宋乾坤冷笑一声，“易维辰，你假惺惺地做给谁看？你别忘了，我们的较量才刚刚开始，马上就是高中篮球联赛，我求求你们好好准备，千万别在预赛阶段就被淘汰掉，如果决赛的对手不是你，我一定会感到非常遗憾的，哈哈哈……”

宋乾坤说完，扬长而去。

古岩鸣还想说什么，却被易维辰一把拽住："算了，现在吵架吵赢了又有什么用，努力拿下联赛冠军才是对他最有力的反击。"

礼贤中学篮球队的队员们知道，宋乾坤的话并不是危言耸听。按照赛程，全市报名参加篮球联赛的学校被分为两组，唯实中学在第一组，礼贤中学在第二组。

唯实中学是传统篮球强校，进入决赛不在话下，礼贤中学就不一样了。他们是联赛新兵，并没有参赛经验，同组学校个个实力不俗，想要出线绝非易事。

就拿他们第一场要打的第三中学来说，这所学校虽然和礼贤中学一样刚刚组建篮球队，但因为新任校长十分重视篮球运动，给了篮球队很多支持，是本组出线球队的热门之选，也就是说，与第三中学的比赛将会成为礼贤中学篮球队出线之旅的关键之战。

为了能顺利赢下比赛，礼贤中学篮球队的队员们自愿加大训练量，他们比以往起得更早，在天还没亮的时候便到了体育馆。

然而体育馆墙上的一纸通知让他们傻了眼，上面写着体育馆自即日起关闭，开放时间另行通知。

"关闭？为什么关闭？"古岩鸣不明白。

纪然珂也觉得奇怪："怎么之前一点儿风声都没有，昨天还能进去，今天就要关闭？"

洛景予看向易维辰，问："现在怎么办？"

易维辰思忖片刻，向众人道："只要想练，任何一个地方都可以

成为球场，体育馆门前不就是空地吗，我们就在这里练。”

“好！”队员们齐声喊道。

从没有人想过有一天会在体育馆前的空地上练习篮球，也从没有人怀疑过要在体育馆前的空地上练习篮球，对于礼贤中学篮球队的队员们来说，任何突发状况都不足以打消他们对出线的渴望。

体育馆前的空地上没有灯，队员们只能借着熹微的晨光来回跑跳，当久违的太阳奋力跃出地平线，凝结在每个人脸上的汗水瞬间焕发出别样的光芒。

虽然大家嘴上没有说什么，但易维辰知道，这样下去不是办法。体育馆前的空地可以做热身训练，可以练习运球，可是投篮呢？他们至少要有一个篮球架吧。

易维辰忽然想起前不久参加过的三对三篮球赛，比赛场地是离肯麦麦汉堡店不远的一处露天球场，他们或许可以去那里练习。

谁知道他们刚刚在那里练过一次，突然收到球场要关闭的通知。不知道从哪里冒出来的人将球场大门锁上：“这里不开了，你们去别的地方吧。”

一群人傻了眼。

“怎么会这样，体育馆不能用，这里也不能用。”纪然珂抱怨，“这也太巧了，就像……”

纪然珂没有说下去，不过所有人都明白她想说什么，因为大家都是这么想的。如果一个地方要关闭还好，两个地方同时关闭，恐怕不是一句巧合就能解释的，也许是因为有人在背后搞鬼，而这个人……

古岩鸣大吼一声："太过分了！宋乾坤这个败类！想赢下比赛就下功夫练好球技，使出这种下三烂的手段算什么本事！我现在就去找他算账！"

"喂！"纪然珂拦下他，急急忙忙道，"是不是有什么误会……"她倒不是看在亲属的面子上替宋乾坤说话，她只是觉得以宋乾坤一个中学生的能力，应该没办法做出这种事。

要是别人这么阻拦古岩鸣，古岩鸣一定会骂回去，可是如果这个人是纪然珂……他立马露出乖顺的表情，和颜悦色道："我就是说说而已，他可是你表哥，我怎么能找他的麻烦呢？嘿嘿嘿，不过，现在怎么办？"

洛景予微笑道："没关系，此处不留爷自有留爷处，我们再去其他地方看看，总能找到训练的地方，你说是吧？"

洛景予转向易维辰，想询问他的意见，却见易维辰眉头紧锁，似乎是想到了什么为难的事情。短暂沉默后，易维辰勉强露出一个笑容，说："是……"

工厂、学校、社区……

他们走遍本市的大街小巷，只要是矗立着篮球架的地方，都留下了他们的足迹，可也仅仅是留下而已。

因为不管他们去哪里，都会很快收到诸如要装修、有比赛、不对外开放的通知，反正大家像约好了似的，所有能够训练的场地齐齐对他们关上了大门。

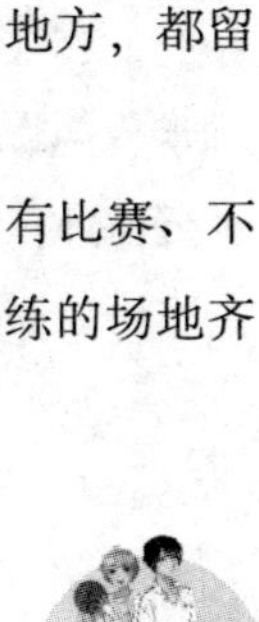

这下，古岩鸣再也忍不了了。

在一个月不黑风不高的傍晚，古岩鸣单枪匹马杀到裕华路，想找宋乾坤理论一番。

彼时的宋乾坤正准备和队员们一起吃烧烤，他才说了一声要十份脑花，古岩鸣便跳了出来。

古岩鸣指着宋乾坤破口大骂："宋乾坤，你怎么这么卑鄙！你害怕在球场上打不过我们，就想出这种招数？你以为关掉所有篮球场就可以阻止我们训练吗？你做梦！我们绝对不会屈……屈……"古岩鸣再也说不下去了，他"哇"的一声哭出来，声泪俱下向宋乾坤恳求，"求求你，放我们一条生路吧……"

古岩鸣知道，以目前的情形，和宋乾坤硬碰硬是没有结果的，不如向他服个软，至少把眼前的困难先度过去。他之所以没有告诉别人，而是选择自己一个人来解决，就是因为这件事实在让人难堪，如果一定要有一个人站出来乞求宋乾坤，他不介意这个人是自己。

古岩鸣再没有比今天更卑微的时候了："以前要是有什么得罪你的地方，都算在我头上，你想怎么惩罚我都行，就是别让我们没有训练场地。求求你，我们真的很想参加比赛……"

等着吃烧烤的宋乾坤被突然跳出来的古岩鸣吓了一跳，这个看上去疯疯癫癫的男生说着没头没尾的话，不过他还是从中捕捉到了重要信息。

宋乾坤前倾身子，问："你说什么？你说你们没有训练场地？"

"是。"

“哈哈哈……”宋乾坤不可抑制地笑出来。

唯实中学篮球队的队员们也跟着笑起来：“队长，这真是多行不义必自毙，易维辰不帮您向乔比斯要签名，现在这不是遭报应了？”

另一人说：“让易维辰得意，还什么在赛场上和我们一较高下，现在连训练都没办法完成，还有什么资格和我们比。”

大家七嘴八舌地说着，宋乾坤却陷入沉思。在这么关键的时刻，礼贤中学篮球队没了训练场地，他们还能出线吗？如果不能在高中篮球联赛上来一场真正的较量，又怎么能让易维辰输得心服口服。

想到这里，宋乾坤沉声道：“不管你信不信，让你们没了训练场地的人不是我。如果你们真的走投无路，可以来唯实中学体育馆训练。”

“什么？”古岩鸣不可思议地瞪大眼睛。

与此同时，宋乾坤身后的队员们也大叫起来：

“队长，你疯了！体育馆只有那么大，我们这些人训练还觉得不够，你还要让他们进来？”

“谁知道这是不是他们的计谋，不要引狼入室啊！”

“闭嘴！”宋乾坤大手一挥，喝止了自己的队员，他郑重其事地向古岩鸣许下承诺，“就这么定了，唯实中学体育馆，一队一半。”

“谢谢宋队长！”古岩鸣无比感激地说道。虽然只有一半的场地，还是和唯实中学篮球队在一起，但总比没有好吧。

眼看大局已定，无可奈何的唯实中学篮球队队员们只能强颜欢

笑夸赞宋乾坤“宽容大度”“以德报怨”“如果那个因为一点误会不帮队长要签名的易维辰知道这件事，一定会羞愧而死”……

古岩鸣则顾不上这么多，他只想快一些把这个好消息告诉自己的队友，他们终于有训练场地了！

DISHIZHANG

第十章

禁止！所有与学习无关的事情

对于是否接受宋乾坤的邀请去唯实中学体育馆进行训练，礼贤中学篮球队内部存在一些分歧。有人觉得以宋乾坤先前的表现来看，这很可能是个陷阱，大家还是小心为妙。纪然珂说宋乾坤这个人虽然莽撞了一些，但也不总是那么不可理喻，反正现在已经走投无路，不如相信他一次。

大家你一言我一语，最后一起看向易维辰，等待他做决定。

“我……”一向沉稳果断的易维辰难得露出犹豫不决的一面，他纠结一阵，缓缓开口，“我觉得还是不要去为好。”

“为什么？”纪然珂似乎对这个答案非常失望，先前带着崇敬的眼神此刻也有了微妙的变化，她咬了咬唇，问，“你……你不相信宋乾坤？”

易维辰叹息一声，将目光看向远处：“你就当我对他有成见吧。”

“可是……”

见纪然珂还想说什么，洛景予赶忙拽了拽她的衣袖：“他毕竟经历过那样的事情，一时半会儿不愿意相信宋乾坤也是可以理解的。”

纪然珂不明白，就算易维辰对宋乾坤不满，也应该考虑一下球队的处境，现在摆在他们面前的问题是没有场地让他们训练，而宋乾坤恰好愿意提供场地，难道易维辰有自信不训练就夺冠？还是说他已经不打算夺冠了？

古岩鸣同样不理解，他为了球队能有场地训练，豁出一切向宋乾坤求情，这才有了去唯实中学体育馆训练的机会，难道他的努力就这么被易维辰轻描淡写地否决了？

纪然珂和古岩鸣虽然对易维辰的做法并不认同，然而只是一瞬，他们便释然了。两人不约而同交换了一个眼神，接着对易维辰说："听你的。"

他们是一个团队，彼此之间应该无条件信任，就像发现队友有更好的投篮机会时选择把球传给队友，而不是单打独斗逞英雄。篮球的绝妙不仅在于精彩的个人表演，更在于默契的团队配合，而后者往往是支撑一支球队获胜的关键因素。易维辰暂时不想原谅宋乾坤的鲁莽，对他有情绪，他们作为易维辰的队友，应该无条件支持他的决定。

不能去唯实中学体育馆训练，一定还有别的办法。

纪然珂想了想，打了一个响指："不就是没有篮球架嘛，我们在墙上画一个，打中就算进球。"

古岩鸣也说："对对对，画一个篮球架，再画一个罚球线，还有三分线。"

洛景予笑了："干脆把整个篮球场画下来好了。"

纪然珂也笑了："谁说我们没有场地训练，我们走到哪里，哪里就是训练场地，只要我们大家在一起，没有什么困难是不能克服的。"

"对！没有什么困难是不能克服的！"

大家异口同声道。

这是易维辰没有想到的。

"谢谢你们。"易维辰竭尽所能克制着内心的悸动，然而语调中溢出的一丝哽咽还是出卖了他。这样的誓言，这样的队友，怎么能让他不动容呢？

其他人也悄悄红了眼眶，大家虽然笑着，可是如果可以的话，他们真的很想抱头痛哭一场，因为球队走到今天，实在是太不容易了。但是现实并不允许他们这样肆无忌惮，马上就是高中篮球联赛了，还有更重要的事情在等着他们。

有了想法，有了工具，有了无坚不摧的团队，一个"画出来的球场"很快完成了。鉴于之前的经历，大家并不敢把工具丢掉，因为他们随时准备换一个地方，重新"画"一个球场。

此时的纪然珂得意地想，不管是谁在背后捣乱，现在总拿他们没办法了吧？

然而，灾难很快来了。

这天，姗姗来迟的古岩鸣告诉大家一个坏消息，他不能打篮球了。

"什么意思？"

"你受伤了？"

大家注意到古岩鸣的眼角有一块瘀青，像是被什么人打的，再往下看，他的胳膊上也有不少掐痕，青一块紫一块的，触目惊心。

易维辰沉声道："你需要休息的话，可以给你放几天假，伤好前不用来训练了。"

"不。"古岩鸣低着头，肩膀不住地颤抖，他一时没忍住，哭了出来，"不用了，我不能再来了，我知道我在这个时候提出退出真的很不应该，但是我也没有办法，对不起，对不起……"

很难想象一个五大三粗的男生会当众流下眼泪，但这一幕确确实实发生了，在场的人无不动容，纪然珂也跟着哭了起来。

"发生什么事了，要不和我们说说，也许我们可以帮你。"

古岩鸣摇头："别问了，反正我就是不能再打球了，你们……你们……"他的本意是想祝福队友们能够拿下联赛冠军，可是，如果没有了他，这个愿望还能实现吗？

大家正在这里依依惜别，那边大步流星过来一个中年男人。

男人穿着并不合身的工装，上上下下都是灰尘污渍，几乎看不出衣服本来的颜色。他一把揪住古岩鸣的耳朵，厉声道："好你个小兔崽子！我就知道你贼心不死，放学了不赶快回家做作业，又在这里瞎玩！"

从眉眼上看，那人与古岩鸣有些相似，大家猜想他应该是古岩鸣的父亲。

古爸抬起一脚踹在古岩鸣的腿上，接着扬起拳头作势要打他："不好好学习，看我打不死你！"

易维辰赶忙挡在古岩鸣身前："叔叔，你这样打人是不对的。"

古爸看他一眼："我教训我儿子用得着你插手吗？"

易维辰说："他是你儿子，也是一个独立的人，暴力是不能解决问题的。"

古爸才不管这么多，他一把推开易维辰，揪着古岩鸣骂道："你就是跟他们学坏的吧？要不是有人告诉我，我都不知道你在学校干了这些'好事'。你看看你，数学137分，化学95分，你化学这么差，能考上大学吗？我每天在外给人搬家具，吃苦受累就为了你能好好读书，你又做了些什么！"

纪然珂听不下去了，她向前一步纠正："叔叔，你不了解情况不要乱说，数学满分150分，化学满分100分，他的成绩还是不错的。"

古岩鸣朝她摇摇头，示意她不要说了。他苦笑一下，无奈道："他连我上几年级都不知道，更别说我高考要考些什么，满分是多少。"

"快和我回家！"古爸不耐烦地推了一把古岩鸣，"数学满分150分，你才考了137分，我告诉你，你要是再敢打篮球，小心我打断你的腿！"

古岩鸣被古爸带走了，留下一众队员神情沮丧。古岩鸣能有现在的成绩并不容易，古爸不夸奖他，还大骂了一通，也不知道古爸会不会听他的解释，古岩鸣又会不会再次挨打。

不一会儿，一阵急促的脚步声响起，一个有着精致妆容的中年女人东张西望一阵，向这边跑来。

洛景予远远看到她，叫了一声："妈，你怎么来了？"

洛妈上上下下打量他一阵，不放心似的摸摸这里摸摸那里，才没说上两句话，眼泪便流了下来："别人告诉我你在这里打篮球我还不信，你不是说你每周六下午要和同学去图书馆学习吗？你怎么能打篮球呢？那多危险，磕一下碰一下可不是闹着玩儿的。你从小就体质弱，要是有个好歹的，你让妈妈怎么办？"

洛景予无奈叹气，劝慰说："妈，我有分寸。"

洛妈还是不放心："你要是真替妈妈着想，现在就跟妈妈回家好不好，妈妈真的不想每天提心吊胆。"

"可是……"马上就是高中篮球联赛了，古岩鸣又因为父亲的阻挠选择退出，难道他也要在这个时候离开吗？

不等洛景予想办法说服自己的母亲，又有家长赶来了，大家或愤怒，或无奈，或呵斥，或恳求，但目标只有一个，那就是不由分说让自己的孩子立刻回去好好学习，从此以后不许再碰篮球。

纪然珂看傻了，她觉得这件事十分蹊跷。从家长的只言片语中可以推测，他们在这个时候赶来是因为有人告诉他们自己的孩子在打篮球，可是，这个人是谁？他和那个到处关闭训练场地的人又有什么关系？

更奇怪的是，宋妈怎么没来？

是的，大概就算有人告诉宋妈自家女儿在打篮球，她也不会相信，毕竟从小到大，篮球一直是纪然珂最讨厌的运动。

在家长的要求下，队员们不得不陆续离开，偌大的"球场"只剩下易维辰和纪然珂两个人。如果说之前的人数只是勉强能够凑出一支篮球队的话，现在连三对三篮球都打不了。

纪然珂不知道该说什么好：“我们……”

易维辰的脸上没有什么特别的表情，他似乎对眼前的一切并不意外，直到不远处出现一个穿着西装的中年男人，他的眼中才闪过一丝异样。

“那个人是谁？”纪然珂问。

“我爸。”易维辰面无表情地说道。

他已经记不清上次见到父亲是什么时候了，也许是在过年的时候，也许是在平日的梦里。

易爸缓步走来，环视一周后对易维辰说道：“回家吧。”

易维辰突然有点想笑，又有点想哭。从小到大，他最盼望的事情就是父亲能来接自己放学，因为一直等不到，他开始寄希望于天上下雨，他以为下雨了，父亲就会来了。后来真的有人来了，只不过来的不是父亲，而是父亲的助理。就连转学这么大的事，不管是通知他的，还是办手续的，都是父亲的助理。

今天，父亲终于来学校接他了，却是在这样的情形下。

易维辰轻笑一下，问：“都是你做的对不对？找人封球场，又找来各家家长。”

“啊？”一旁的纪然珂低呼一声，原来幕后黑手不是别人，正是易维辰的父亲，可是，他为什么要这么做？

“谁让你不听我的话，我这么做都是为你好！”易爸不客气地说。

易维辰沉迷篮球，不肯退出篮球队，他一气之下让易维辰从唯实中学转学到礼贤中学，谁知道他竟然在礼贤中学偷偷成立了一支篮球队，还要参加什么比赛。

易维辰有自己的对策，他也有他的办法。

见易维辰每天在礼贤中学体育馆训练，易爸便给了礼贤中学一笔钱，让学校暂时关闭体育馆。他们跑到露天球场训练，他就买下球场无限期关闭。易爸打定主意，他们到哪里，他就封杀到哪里，他就不信没有训练场地的篮球队还能继续下去。

然而事情还是脱离了他的掌控，当助理告诉他篮球队自己画了一个篮球场时，他震惊了。他不相信自己的儿子会这样执着，还有一群“傻子”一起陪着他疯。

易爸暴跳如雷，拍着桌子呵斥自己的助理：“他们都没有父母吗？知道自己的孩子每天打篮球竟然无动于衷？”

现在看来，家长们和他想的一样，现在这个时候就该好好学习，打什么篮球？

易爸见惯浮华的目光在简陋的地面、歪七扭八的白线、肮脏的篮球和易维辰满是汗水的脸上一扫，分外嫌弃般说：“你看看你现在的样子！你是要继承我的事业的，你用什么继承？打篮球吗？还想进职业队？你能不能有点出息？你也不看看打篮球的都是些什么人！流氓、痞子、头脑简单四肢发达的傻大个！”

“喂！”一直站在一边的纪然珂跳了出来，她也不管这个人比她年长，又是易维辰的父亲，“你这么说话太过分了吧！你……”

易维辰扯了一下纪然珂的衣袖，示意她把这件事交给自己。他一动不动地看向自己的父亲，问：“你刚才说什么？”

“我说，打篮球的都是流氓、痞子、头脑简单四肢发达的傻大个！”

“哦。”易维辰若有所思地点头。

就在易爸以为易维辰终于意识到自己的错误，决定痛改前非的时候，只见易维辰慢条斯理地从口袋里拿出一个手机。

他在手上把玩着一个小东西，声音不疾不徐：“我把你刚才说的话录下来了，你有没有想过，如果让公众知道你作为美辰名店的董事长，一边把篮球骂得一文不值，一边为了提高销售额赞助篮球活动，他们会怎么想？”

万万没料到自己的儿子会有这样一手，易爸的表情骤然一僵。

到底在商界摸爬滚打了这么久，易爸很快镇定下来，他反问易维辰：“你这样做有用吗？就算我不干涉你，你的队友们已经被家长领走了，你还怎么打篮球？怎么参加比赛？”

易维辰淡淡道：“我一个人参加比赛。”

“什么？”易爸轻蔑地笑着，“你连报名的资格都没有。”

纪然珂在这时举起手，义无反顾地说：“还有我！”

易爸不屑地哼了一声。

“呃……”纪然珂缓缓放下手，如果只有他们两个人，也是没有资格报名的。他们能在礼贤中学组建一支篮球队已经相当不容易，现在这种情况，还能去哪里找人呢？

正在纪然珂一筹莫展的时候，嘹亮的吼声打破了僵局：“还有我！”

与此同时，另一个人也大喊一声：“再加上我！”

纪然珂转头一看，发现原本已经离开的古岩鸣回来了，洛景予回来了，陆陆续续地，其他人都回来了！

原来古岩鸣给古爸看了他上高中以来的成绩单，古爸嘴上说着“你要是不打篮球成绩可以更好”，心里却已经对篮球放下戒备。他又给父亲表演了花式扣篮，古爸看后阴沉着脸一言不发。就在古岩鸣万分沮丧的时候，古爸突然伸手用力在古岩鸣的头上摸了一把，说：“你很厉害。”

一瞬间，那个在球场上所向披靡无所畏惧的古岩鸣哭了，他长这么大，这还是父亲第一次毫无保留地称赞他。

古爸终于同意古岩鸣回来打球，还坚持要留在球场等他一起回家。

洛景予则对洛妈说了打篮球可以锻炼身体，他这半年没有生病都是因为常常打篮球，洛妈这才同意让他回来。

已然分崩离析的球队重新聚在一起，大家又哭又笑，无比珍视这来之不易的一刻。

纪然珂像是想到了什么，她擦擦眼泪向易维辰求证：“你不去唯实中学体育馆练球并不是因为对宋乾坤有成见，而是害怕我们去了会连累宋乾坤？”

易维辰点头。

训练场地接连被关，他隐隐感觉到这件事也许和自己的父亲有关，他深知父亲的手段，所以并不想让唯实中学篮球队冒险。

“原来是这样。”古岩鸣叹息，还好他们自始至终对易维辰深信

不疑，没有因为这件事心生芥蒂。回头看看，自球队成立以来，大小风波不断，可这些挫折并没有将他们打垮，反而成为他们的黏合剂，让他们彼此之间联系得更加紧密。

有了这样的队伍，他们还有什么理由不去努力拼搏赢下比赛？

洛景予出声提醒："队长，我们训练吧。"

"好，训练！"

大家很快摆开阵势，易爸却保持着刚才的姿势，一动不动地站在球场中央。

有家长热情地招呼易爸："来，来这边看，我给你留个好位置。"

"对啊，篮球不长眼，小心打到你。"

易爸哪有心思看球，他冷哼一声，转身走了。

"爸！"抱着篮球的易维辰突然出声，"下周三我们会和第三中学比赛，如果有时间的话，希望你能来。"

易爸脚步一顿，什么都没说，快步离开了。

车门关上，隔绝了世间的一切纷纷扰扰，球场上的呐喊与喧嚣却在他的脑海里挥之不去。

易爸仿佛回到了很久以前，久到他的眼角还没有皱纹，头上还没有生过白发。那时的他因为身高出众，经常被同学们拉去打篮球，他真是爱极了这项运动，好几次打到废寝忘食，还耽误了上课。

班主任发现后异常痛心："你也不看看那些打篮球的都是些什么人，流氓、痞子、头脑简单四肢发达的傻大个！你和他们不一样，他们只等着高考后出去打工，你呢？”

班主任的话如醍醐灌顶一下子点醒了他，他痛改前非，发愤图强，果然在之后的高考中取得傲然的成绩，后来工作、辞职、创业，这才有了今天的商业帝国。

无数次午夜梦回，他总是感激班主任让他悬崖勒马。

他怕自己的儿子重蹈覆辙，严格禁止他打篮球，更不允许他走职业道路，为了孩子能有好前途，他什么都愿意做。可是今天，他不得不重新审视自己。什么是好前途？如果当年的他走上另一条道路，真的会比今天差吗？

还是会羡慕吧？

当下属把各种营销方案拿给他看的时候，他一眼就看中了以篮球为主题的活动，不惜花费巨资邀请篮球巨星乔比斯为活动造势。

如果站在球场中央的人是自己该有多好，然而韶华易逝，他再也没有机会了。

易爸告诉助理，把下周三空出来，他要去看儿子比赛。可惜计划赶不上变化，航班晚点了，易爸没能在比赛开始前赶回来。

礼贤中学篮球队倒是早早来到第三中学体育馆，开始热身训练。

第三中学校长自上任之初就将唯实中学视为目标，他不仅三顾茅庐请来唯实中学篮球队的前任教练，还学着唯实中学的样子派出球探在全省范围内寻找篮球特长生，就连体育馆也是完全仿照唯实中学体育馆进行布置的。

当然，因为第三中学篮球队和礼贤中学篮球队一样，从建队到

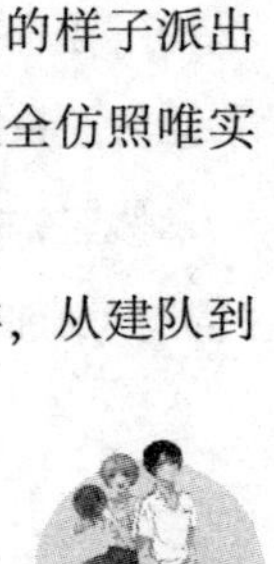

现在才不到一年时间，还没有什么拿得出手的成绩，所以挂在体育馆走廊内的照片大多是国际比赛中的精彩瞬间，和第三中学没有什么关系。

不过，当礼贤中学篮球队入场时，还是被悬挂在球场上空的巨幅球队队员海报震撼了。

比赛时间渐渐临近，观众开始入场，进场的人们不一会儿便把看台占满了。他们通通是第三中学的学生，穿着统一的服装，喊着统一的口号，拿着精心准备的横幅。

值得一提的是，第三中学篮球队不只有队服、队徽，他们还面向全校师生征集篮球队吉祥物设计方案，并最终制作了出来。据说此时此刻穿着松鼠衣服在球场上和啦啦队一起“跳舞”的就是第三中学校长本人。

随着比赛正式开始，在场观众的声音也跟着第三中学的表现起起伏伏。当第三中学进球时，全场欢呼，当礼贤中学进球时，大家齐声叹气；当第三中学罚球时，全场屏息凝神默默祈祷，当礼贤中学罚球时，大家一起大叫试图扰乱礼贤中学的状态。

在这种状况下，礼贤中学篮球队想不受影响是不可能的。但真正让他们感到难过的并不是第三中学现场观众的行为，恰恰相反，他们很羡慕第三中学篮球队的队员们，羡慕他们有这样一群和他们一起笑、一起哭、一起开心、一起难过的“队友”。

按照赛程，礼贤中学篮球队将在下周坐镇主场迎接第三中学的挑战，到那时，礼贤中学的学生会来观看比赛吗？他们会像第三中学的学生一样疯狂地给自己的队伍加油吗？

答案当然是否定的。

如果不是联赛组委会那边一纸通知下来要礼贤中学做好主场比赛组织工作，他们说不定连在主场比赛的资格都没有。

第三中学又进球了！

全场观众如排山倒海一般造起人浪，尖叫声、加油声不绝于耳，连穿着松鼠衣服的第三中学校长也在场边兴奋得手舞足蹈。

也许是第三中学的实力确实胜过礼贤中学一筹，也许是现场观众的热情让队员们得到鼓舞，渐渐地，两队比分从交替攀升到出现了一定的分差。

比赛进入第四节，第三中学领先礼贤中学六分，留给礼贤中学反超的时间不多了。

比赛进入倒数一分钟，礼贤中学依旧落后第三中学六分，所有人都觉得礼贤中学败局已定，看台上的同学们正在把早已准备好的庆祝第三中学赢得比赛的横幅展开。

然而，只是一眨眼的工夫，事情似乎出现了一些变化。

到底是从什么时候开始的？

即便是亲历了整场比赛的现场观众，也很难回答这个问题，但是不管岁月怎样流逝，只要提起自己的高中生涯，他们总是会以亲眼见证这场比赛为荣，虽然那个被他们津津乐道的人并不是他们的同学。

就从最后一分钟开始说吧，因为那个原本想要记录第三中学胜

利时刻的同学就是在这里按下了录像键。

此刻的第三中学自认为胜券在握，因此面对礼贤中学的防守并没有想着突破上篮，而是慢悠悠地相互传球，希望通过这种方式将时间耗尽，让礼贤中学失去反击的机会。

礼贤中学当然不会坐以待毙，易维辰看准机会将对方手里的球断掉，拿到球后仿佛豹子一样反身带球快速推进。

因为速度太快，第三中学的队员根本来不及回防，面对空无一人的半场，一般情况下，带球的运动员会选择直接上篮，易维辰却没有按照常理出牌，眼看着对手快要追上来，已经跃过三分线的易维辰又退了回去，他快速起跳，以最标准的姿势将球投了出去。

篮球没有碰到篮板，没有碰到篮筐，就那么正正好好地落入篮筐中，一箭穿心。

紧接着，礼贤中学使用犯规战术，第三中学两罚两中，两队比分相差五分。

这一次，礼贤中学完成了一次超级完美的配合，古岩鸣带球过半场后准备把球传给易维辰，与此同时，洛景予迅速在易维辰面前跑过，成功将防守易维辰的队员挡在身侧，让易维辰顺利接到古岩鸣的传球。易维辰接到球后没有犹豫，拔地而起投中三分，还造成对方犯规，加罚一次。

罚篮投中后，面对一分分差，礼贤中学再次使用犯规战术，这一次，第三中学的运气不太好，两次罚球只投中一次。

即便如此，第三中学还是认为被礼贤中学翻盘的可能性不大，因为留给礼贤中学的时间只剩下不到三秒，这个时间只够礼贤中学带球过中场，只要他们尽量扩大防守，不让易维辰靠近三分线，就算他三分投得准又能怎样？

然而这一次，第三中学又失策了。

易维辰过半场后原地运了一下球，接着以一个极其随意的姿势将球扔了出去。

对于这个动作，第三中学的队员们并不意外，一般情况下，只要看到时间即将耗尽，持球球员都会抱着“有枣没枣打三竿”的心态把球朝着篮筐扔出去，不过因为准备不足，这种球一般都进不了。

果然，篮球在空中划出一道超长的弧线，打在了篮板上，然后反弹回来，落进篮筐里。

落进……篮筐里？

所有人都惊呆了，第三中学的篮球队员更是站在篮下怔怔地望着球筐，这个球到底是怎么进的？

几秒钟过去了，球场里静悄悄的，眼看着即将获得比赛胜利却惨无人道地被对手绝杀，进球的喜悦并不属于第三中学。

“啊！”

纵观全场，只有礼贤中学的人们尖叫狂欢，无比兴奋地抱在一起。

易维辰创造了奇迹，他投出了超远距离三分！他在六十秒内得到十分，力挽狂澜，完成绝杀！

“太棒了！”纪然珂激动得快哭了，真想让礼贤中学的同学们都看到这一幕，可惜……在追寻篮球联赛冠军的路上，他们注定是孤

独的，哪怕已经将胜利握在手中，却连个能够分享胜利的人都没有。

“啪啪啪……”

稀稀拉拉的掌声宛若火中的干柴，哔哔啵啵地响起，很快，数不清的爆竹被火种引燃，第三中学的学生们全体起立，一起为易维辰创造的奇迹、为礼贤中学的胜利鼓起掌来。

第三中学的队员们纷纷走来和礼贤中学的队员们握手拥抱，其中一人对易维辰说道：“厉害啊，简直是麦迪附身。”

纪然珂听到后小声问洛景予：“麦迪是谁？”

洛景予微微一笑，说：“回去告诉你。”

即便洛景予没有马上告诉她，纪然珂也大概能猜到，麦迪一定也是一位和乔比斯一样伟大的篮球运动员。她禁不住想，如果易维辰能进入职业队，几年后的他会不会也成为一位万人瞩目的篮球明星？

“想什么呢？”易维辰走过来，问纪然珂。

“没……没什么。”如果别人经历了绝杀对手的奇迹，大概会兴奋得不能自已，恨不得让每个人都知道自己的光辉事迹，可是易维辰是那样淡定，甚至不如她这个旁观者来得激动，仿佛刚才的一切像过眼云烟一样根本不值一提。

哎，到底什么事才能牵动他的心呢？

突然间，易维辰皱了皱眉，问：“你的腿怎么了？”

纪然珂低头一看，发现自己的小腿上有一个伤口，应该是刚才看到易维辰绝杀后，急着过来和他庆祝，不小心在椅子上刮到的。

伤口很细很浅，如果不是易维辰提醒，她甚至不会注意到它的存在。

“真的！”洛景予低呼一声，关切地问，“疼吗？”

易维辰蹲下身看了一阵，抬起头说：“还好没什么，下次注意一些。”

因为易维辰比自己高，她总是在仰视他，现在她终于可以换一个角度看他的脸庞，浓密的眉，深邃的眼，可是她根本不敢多看，只能慌慌张张地应了一声：“好。”

和第三中学的队员们告别，礼贤中学篮球队走出球场，有人惊叫一声，提醒大家：“快看。”

一个人的出现让所有人倒吸一口气。

大家开始窃窃私语：

“是易维辰的爸爸，他怎么来了？”

“不会又要阻止我们打球吧……”

“上次封闭训练场，这次说不定要直接停办比赛。”

也许是因为刚下飞机，易爸显得风尘仆仆，表情也甚是憔悴，不过更让人吃惊的是，堂堂美辰名店董事长竟然像个犯了错的孩子似的躲避着易维辰的目光，他手足无措一阵，羞愧地开口：“对不起，我……我来晚了。”

“是来晚了！刚才不知道有多精彩！”古岩鸣在一旁插嘴。

“就是，第三中学的学生都忍不住给我们鼓掌。”

大家七嘴八舌地说着，易维辰却将书包扔在地上慢慢走向自己的父亲。他一把抱住这个曾经需要仰望，现在却比自己低了一头的

男人，轻声说："来了就好。"

礼贤中学篮球队的队员们都被这样温馨的一幕感动了，大家情不自禁想到了自己的父母，恨不得马上回去狠狠抱住他们。

不过，让他们想不到的是，在他们获得比赛胜利的同时，很多事也在悄悄发生着变化，比如街头的柳条抽了新芽，比如一段视频在互联网上疯狂传播，再比如潜伏在礼贤中学篮球队中的定时炸弹突然开启了倒计时。

这一次，上天还会眷顾他们吗？

DISHIYIZHANG

第十一章

举报！男子篮球队有女生

为了庆祝球队赢下第一场比赛，易维辰给每人买了一杯奶茶，外加一套月考模拟卷。

拿到卷子的众人禁不住哀号一声，虽然心里不太乐意，还是小心翼翼地把模拟卷收了起来。因为下周三既是比赛日，又是月考日，这意味着他们刚脱下球衣就要穿上校服奔赴月考考场。

与此同时，易维辰向众人宣布，在下一场比赛中，纪然珂会作为球队主力迎接第三中学篮球队的挑战。

“什么？”纪然珂惊叫一声，几乎不能思考。

她没有听错吧，让她出任球队主力？在此之前，她都没怎么上过场，今天倒是作为替补打了五分钟。也不知道是巧合还是她真的很差劲，正是在她上场后，球队和第三中学的比分渐渐拉开，还好易维辰在最后关头力挽狂澜保住了胜利，不然，她一定会成为球队的罪人。

易维辰又向众人说出这么做的理由，第三中学一定会吸取这场比赛的教训，在下一场比赛中重新布置战术，将他作为重点防守对象，在这种情况下，他很难再有所施展，球队必须推出新的火力点，这就是纪然珂。

“有道理。”古岩鸣大手一拍，率先向纪然珂表示祝贺，“你可是我们的秘密武器，一定会惊艳全场。”

“秘密武器？”纪然珂突然瞪大眼睛，她有多久没有听到这个词了？

第一次听到这个词是因为古岩鸣看不起她，笑话她还没练好运球就要练投篮，突然出现的易维辰却说她是球队的秘密武器，要她一定练好投篮。

第二次是唯实中学派出间谍打探球队情况，易维辰把她推出来，说她是球队的秘密武器，不想却换来对方肆无忌惮的嘲笑。但是，当她下定决心要给那人好看时，易维辰却说所谓的秘密武器只不过是激励队友，迷惑对手的说辞，让她不要当真。

唉，古岩鸣应该不知道这件事，所以才会在这个时候提出来，真是尴尬死了。

纪然珂下意识看向易维辰，只见他一手横在胸前，一手捏着下巴，脸上还是一贯清冷淡漠的表情，好像并没有要否认古岩鸣的说法，也不打算向大家解释。

纪然珂真是有些看不懂了。

洛景予笑着说：“没关系，你不要紧张，我们都会帮你的，你只要把这场比赛当成平常的训练就好，你训练了那么久，不就是等着这一天吗？”

“我……”她真的可以吗？纪然珂不敢相信。

她又蠢又笨，学什么都比别人慢半拍，让她当主力，真的不会给球队拖后腿吗？面对队友们殷切的期盼，纪然珂终于下定决心，她无比坚定地看着大家，大声说：“放心，我会努力的！”

啊！

回到家的纪然珂痛苦地揪着头发，她真想穿越回去掐死那个大言不惭的自己。“你是什么水平，心里没点儿数吗？”可是现在反悔会不会太没面子？她不是一直想要向所有人证明自己吗，现在机会来了，她怎么能放弃？

比赛日很快来了，现场情况和纪然珂想的差不多，和第三中学相比，这里的看台空空如也，唯一值得欣慰的是第一排零零散散坐着几个人，那些人难掩激动，不住地朝球场内东张西望，好像疯狂粉丝在等待偶像。

纪然珂在一瞬的欣喜后清醒过来，别做梦了，这些人怎么可能是来给他们加油的，他们只可能是第三中学的学生。

纪然珂轻叹一声转过身，突然间，那些人尖叫起来：“来了来了，易维辰来了！”

他们无一例外站起身，一起向易维辰喊道：“易少易少你最棒！易少易少你最强！啊！”

易维辰听到喊声，抬起头向那边看了一眼，然而只是一眼，那些人便像戏精附身一样做晕倒状，口中念念有词：“天哪！易少对我笑了！”

莫名其妙。

纪然珂微微蹙眉，问站在身旁的洛景予：“这是怎么回事？”

洛景予奇怪地看着她：“你不知道吗？有人把我们和第三中学比赛的几个片段放在了网上，其中就有易维辰六十秒独得十分绝杀第三中学的视频，礼贤中学的学生都在传，他们应该是看了视频，专门来给我们加油的。”

“给我们……加油？”纪然珂不敢相信，不要说礼贤中学的学生本就习惯两耳不闻窗外事，一心只读圣贤书，更何况今天晚上还要月考，谁不想在月考中考个好成绩，他们竟然不在教室复习功课，跑来给他们加油？

话音未落，更多的人涌了进来，大家无一例外抻着脖子向场内张望，有人说那个是易维辰，绝杀奇迹的缔造者，那个特别壮实的是古岩鸣，尤其擅长抢篮板，那个斯斯文文的是超级学霸洛景予，球商极高，总是能运用物理知识准确判断篮球的落点。

那人说完，旁边的人指了指纪然珂，问：“那是谁？”

那人摇头，一脸嫌弃地说：“不知道，应该是个看饮水机的替补吧。”

“替补？”纪然珂在心里大叫，她真想冲过去揪住那个人的耳朵，大声告诉他，她才不是替补，她是球队主力！

算了，比赛就要开始了，他们很快就能看到她的厉害！

哨声响起，两队迅速进入状态，第三中学果然如易维辰所料，

加大了对易维辰的防守，他们不惜放过纪然珂这个点，派出两个人像牛皮糖一样缠着易维辰，害得易维辰接不到队友的传球，好不容易拿到球后又没有办法投篮。

他无奈之下把球传给无人防守的纪然珂，纪然珂拿到球后开始突破上篮，就在她即将用开场以来的第一个进球惊艳全场的时候，也不知道是地板太滑了，还是太紧张了，她竟然在众目睽睽之下一个大劈叉摔在地上。

“啊……”

“天哪！”

“搞什么啊！”

全场一片哀叹。

纪然珂没有理会那些嘲笑，她的心里只有一个念头，人可以摔，球不能丢。在摔倒的同时，纪然珂紧紧抱着篮球，一刻都不敢松懈，直到看到易维辰冲了过来，她才一个上抛将球传给易维辰，易维辰接到球后，迅速上篮命中。

全场掌声雷动。

易维辰很快回过身，却看到纪然珂紧闭双眼横躺在地上。他不由得心底一沉，急忙蹲下身子询问：“你怎么了？是不是受伤了？”

“啊？没有没有。”纪然珂朝他眨眨眼，又调皮地扬起嘴角，小声回答，“我躺在地上，他们就不能冲过来阻止你投篮。”

易维辰一愣，接着异常严肃地说道：“你这样太危险了，万一那些人来不及停住踩到你怎么办。”

纪然珂还以为易维辰会夸她聪明机灵，没想到会被他教训一顿，她抿了抿唇，赌气似的避开易维辰的目光。

易维辰虽然冷着一张脸，却还是向她伸出双手，说：“起来吧。”

“啊？”

纪然珂回过神，她略显羞涩地将自己的手搭在易维辰的手上，又将自己的重量完完全全交给他。

比赛继续进行，纪然珂也渐渐适应了场上的节奏。很快，刚才还在笑话她的人彻底说不出话了。

这个看起来极其不靠谱的小队员又在做不靠谱的事情！

她的队友在界外发球给她，她竟然背对着队友头也不回地开始跑，这样能接住球才……哦，接住球了。

洛景予再次伸手抢断了对手的球，一个长传甩给她，别人都是一边向篮筐跑一边回头确定篮球的位置，她倒好，只管往前跑，这样能接住球才……哦，接住球了。

许久之后，看台上的观众们才意识到，这个看似不起眼的队员居然拥有一种让人无法企及的能力。她的后脑仿佛长了一只眼睛，可以在不回头的情况下稳稳抓住后面飞来的东西！

这太不可思议了！如果说易维辰是大神，那她就是超神，拥有超能力的神！更关键的是，她的投篮特别准，不管是两分还是三分，通通信手拈来。

之前那个询问过纪然珂是谁的学生反问自己的同伴：“这就是你说的看饮水机的替补？”

“咳咳……”那人摸了摸鼻子，硬着头皮解释，“只能说厉害的球队替补也很厉害。喂喂喂，你别这么看我，之前那场比赛，‘他’确实是替补。”

“呵……”

看台上的观众们坐不住了，他们互相询问这个人是谁，怎么可以这么厉害，直到一个人不经意向后转头，意外发现先前空着的座位不知道什么时候多了一个人。

那人惊呼一声，腿都软了：“校……校长……我马上回去上课。”

他们在网上看到礼贤中学篮球队绝杀第三中学的视频，这才知道礼贤中学组建了篮球队，还报名参加了高中篮球联赛。他们趁着课间休息的空当偷偷跑过来，本来想看一看就走，谁知道看着看着便入迷了。

这下糟了，刚好被校长抓个正着，依照校长的脾气，他一定会被开除的。谁知道校长淡淡地看了他一眼，说：“坐下，别挡住我。”

“是，哦，不是不是，您坐前面来。”

“不用。”校长冷声道。

这个身材矮胖戴着眼镜的校长到现在都想不明白，这一切到底是怎么发生的。这一天，他照例在教学楼里巡视，想抓两个上课不听讲的学生教训教训，谁知道整个教学楼空荡荡的，一个人也没有。他按图索骥找到体育馆，原本想把坐在这里的学生赶回去，没想到不知不觉间竟然被球赛吸引了。

“玩物丧志，真是玩物丧志……喂！愣着干什么，快投……啊！

投中了，压哨三分，太厉害了！”

校长忍不住感慨，真精彩啊，精彩到他的心会跟着球场上的局势一会儿起，一会儿落，就像每年高考前他都紧张得睡不着觉一样。他总是怕一念之差耽误了孩子的成长，现在，他也怕一念之差影响了球员的发挥。

如果这个时候让看台上的同学们离开，没有了同学的加油声，他们一定很难过吧。可是，他作为礼贤中学的校长，总该做些什么……

很快，校长在现场的消息传开了，球场上的队员们也注意到看台上的骚动，大家一眼看到那个表情严肃戴着眼镜的矮胖男人，暗叫不好：“这下糟了。”

果然，校长从座位上站起来，走到主席台上拿起麦克风，向全场同学宣布了一个消息：“咳咳，我说一件事，下午的课不上了，大家可以在这里安心观看比赛……”

“啊！”

体育馆内沸腾了，大家激动得又叫又跳，害得校长不得不大声喊话让大家安静下来：“但是，今天下午的课会在周六补上，对了，晚上的月考照常进行。”

“啊……”

校长的话让无数人的心情大起大落，简直比球赛还刺激。

说完这件事后，校长不忘转向站在球场上的队员们，那个总是在“校长讲话”时大声说着“禁止做任何与学习无关的事情”的校长，

毫不吝惜地向他们竖起大拇指，说了一声“加油”。

沉甸甸的两个字既是对球队的鼓励，也是对球队的嘱托，更是对他们每一个人的认可。只是一瞬，什么训练的枯燥与劳累，兼顾篮球和学业的焦头烂额，输掉比赛的沮丧，找不到训练场地的焦虑，通通烟消云散了。

虽然比赛只进行了一半，篮球队的队员们还是像庆祝胜利一样兴奋地抱在一起。同学的呐喊，校长的鼓励，这些从前想都不敢想的事情，今天一一实现了。

此时此刻，队员们的心中只有一个念头，那就是全力以赴赢下比赛，为同学、校长和礼贤中学带来无上荣光！

然而，突如其来的变故让这一切化为泡影。

不知道从哪儿冒出来的女生抢过校长手里的麦克风，声嘶力竭地大喊：“作弊！礼贤中学篮球队作弊！”她用手一指纪然珂，怒不可遏，“你们都被骗了！她是女生！”

“啊？女生？”

在那人的提醒下，大家重新将目光聚集在那个表现出众的球员上，“他”留着短发，身高不到一米八，猛地一看就是男生的样子，不过刚才的他们只注意到她惊人的球技，现在细细观察她的五官，好像确实能察觉到一些只有女孩子才有的调皮灵动。

看台上的观众们一下子炸开了锅，大家指着纪然珂议论纷纷：

“怎么会有这种事？一个女生混在一群男生里，打球的时候免不了会有肢体接触，也太不检点了吧。”

“完了完了，居然在高中篮球联赛中弄虚作假，这要是传出去，别人一定会以为我们礼贤中学的学生都是这样投机取巧不守规矩。”

明明都是被成千上万人注视着，刚才有多振奋，现在就有多恐慌，她以为即便身份被揭穿，也不过是被赶出篮球队。

现在呢？

当那个女生喊出“礼贤中学篮球队作弊”时，这件事就再不是她一个人的事，而是整个篮球队甚至是礼贤中学的事。篮球队很可能因为她被取消参赛资格，礼贤中学也会因此背上弄虚作假的骂名。

怎么办，怎么办……

纪然珂下意识后退几步，直到撞上一个人的胸膛。她倏地回头，正好对上易维辰波澜不惊的双眸。心中的自责再一次涌了上来，纪然珂鼻子一酸，眼泪几乎要夺眶而出。

如果篮球队真的被取消参赛资格，她最对不起的人应该是易维辰吧。他以一己之力在没有篮球土壤的礼贤中学埋下一颗种子，每日浇水施肥、辛勤劳作，却因为她的任性被毁于一旦。

都怪她心存侥幸，觉得之前那段时间没有被发现，之后也不会被发现，结果……

“我……”还有什么好说的？到了现在这个时候，任何道歉的语言都是那样苍白，纪然珂低下头，仓皇中抹了一下眼角。

易维辰的脸上依旧没有什么表情，他一把扶住摇摇欲坠的纪然珂，淡然道：“放心，有我。”

“什么？”纪然珂惊诧地抬起头。

他这是什么反应？她曾经无数次幻想过易维辰得知自己是女生时的情景，或震惊，或愤怒，或疑惑，但唯独没有这一种。他既没有怪自己毁了篮球队的未来，也没有为自己女生的身份感到惊讶，难道说……他早就知道自己是女生？

来不及向易维辰求证，现场广播里突然传来比赛取消的声音。

因为这场“意外”，联赛组委会决定立刻针对举报人的举报展开调查，相关人员需要到会议室接受组委会的问询，现场观众需要即刻离开体育馆回教室上课。

议论声、抱怨声在达到顶峰后猝然落下，原本热热闹闹的体育馆安静下来，只留下惨白的灯光照亮了一片狼藉。前后巨大的落差让礼贤中学篮球队的队员们一时间难以适应，直到组委会的催促声响起，他们才神情落寞地离开球场。

随着“啪”的一声响，体育馆内的灯光熄灭了，大家情不自禁回望一眼，只见那里漆黑一片，就好像是这个球队的未来，没有人能说得清他们将要面对什么。

会议室里，举报人情绪激动，一遍又一遍地重复着“礼贤中学作弊”。

举报人今年二十多岁，是第三中学篮球队某个队员的姐姐：“上次比赛时我就觉得那个人眼熟，不过当时她只出场了五分钟，我也没放在心上，直到今天仔细一看才想起来，我以前见过她！”

那是在美辰名店电影院的洗手间，她误将纪然珂认成男生，抓着她大骂变态，还要报警。直到纪然珂拉着她的手摸向胸口，她才意识到是自己误会了，原来眼前这个身高一米七五，留着短发的“男生”和自己一样是个女生！

举报人义愤填膺地说道：“体育比赛最重要的是公平，现在出现了这样的事情，还有公平可言吗？”

“咳咳……”礼贤中学校长推了推眼镜，提醒道，“在体育史上，的确出现过男人伪装成女人参加女子比赛的情况，也确实影响到了比赛的公平公正，可是女生伪装成男生参加男子比赛，真要说不公平，也只能是对礼贤中学不公平。”

“胡扯！”举报人拍案而起，“今天的比赛你们看了吗？她那个样子是一般女生能比的吗？谁知道是不是你们输不起，想出让专业级别选手伪装成男生参赛这种下三烂的招数，这到底是对谁不公平！”

“这……”组委会主席再次将目光转向礼贤中学校长。举报人的话也有道理，在高中篮球联赛的历史上，确实出现过参赛队伍从体校请外援的情况，不过一般情况都是借男生，借女生还是第一次。

组委会主席问礼贤中学校长问道：“那个纪然珂是你们学校的学生吗？”

礼贤中学校长一时语塞，纪然珂是不是礼贤中学的学生，有没有篮球基础，她是一直都是这个水平还是今天发挥得特别好，他通通不清楚。他甚至不知道这支篮球队是什么时候成立的，一共有几个人，每天训练多久，有没有遇到什么困难……

见礼贤中学校长被问得面红耳赤，举报人得意地一笑：“呵，没话说了吧？”

片刻后，礼贤中学校长抬起头，不慌不忙地回了一笑："如果说起各种'可能'，会不会有这样一种情况，举报人在上一场比赛中已经认出她是女生，只是觉得对己有利，所以没有拆穿，直到今天这场比赛，第三中学篮球队大比分落后，眼看着又要输给礼贤中学，所以一不做二不休……"

"你说什么！"举报人粗暴地打断他，怒目圆睁。

礼贤中学校长也不甘示弱，他不顾一个校长应该有的矜持，站起身子和举报人据理力争。

相比大会议室里的唇枪舌剑，隔壁的小会议室里静悄悄的，礼贤中学篮球队的队员们正在这里等候组委会的询问。

洛景予率先打破沉默，他劝大家先不要这么消沉，也许还有办法。

古岩鸣挠着头，垂头丧气道："还能有什么办法，第三中学已经输了一场，这一场要是再输掉，他们也就没了出线的可能，现在好不容易有一个翻盘的机会摆在他们面前，他们怎么可能放弃。"

其他人也说："完了，我们一定会被取消参赛资格的，忙了这么久，全都白忙了。"

正在这时，纪然珂霍然起身，倔强的语调中透着一丝哽咽："我去一下洗手间。"说完也不顾其他人是什么反应，径直出了会议室。

洛景予很快站起来："我也去一下洗手间。"

"喂，你们……"古岩鸣的话还没有说完，一旁的易维辰跟着站起来，一言不发地出了会议室。

纪然珂出门后并没有去洗手间，而是来到大会议室门前，她也不管里面的人在干什么，直接推门而入。

“都是我的错！”纪然珂十分用力地说，“是我隐瞒身份加入篮球队参加比赛的，其他人并不知情，要罚就罚我。”

面对这个“不速之客”，正在激烈争执的人们停下来，齐齐看向她。

组委会主席上下打量纪然珂一阵，问：“你能回答我一个问题吗？你一个女生为什么要加入篮球队？”

“因为……”真奇怪，说到她加入篮球队的原因，她竟然一时有些记不起来了，她只记得她在篮球队的这些日子别人是如何看不起她，她如何想努力证明自己，易维辰又是怎样一步一步将她训练成为球队主力。

纪然珂看向组委会主席：“我为什么加入篮球队已经不重要了，重要的是我喜欢和队友一起在赛场上奔跑得分的感觉，我想和我队友一起赢下比赛胜利。在篮球队的这段日子，我从没有把自己当女生，我和队里的男生有着一样的训练内容，一样的训练强度，因为我的身份只有一个，那就是礼贤中学篮球队队员！”

纪然珂环视一周，接着说：“我知道我这样做不对，但是我想问一句，高中篮球联赛只设立男子组，那些喜欢打篮球又想参加比赛的女生该怎么办？难道作为女孩子只能去啦啦队跳啦啦操，不能在赛场上打篮球吗？”

会议室里再次安静下来，只是这一次，大家在沉默的同时多了一些思考。

正在纪然珂为自己的话能不能让人信服而感到忐忑时，洛景予

从外面冲了进来。他习惯性地将纪然珂护在身后，诚恳地向大家认错：“对不起，这件事是我的错，是我填写的报名材料，有意向组委会隐瞒了真实情况，要怪就怪我。”

组委会主席刚要说话，易维辰也进来了，他站在最前面，不卑不亢道：“这一切都是我的错，是我硬要把她拉进篮球队，那个时候篮球队人数不够，连报名参赛的资格都没有，是我太想参加比赛了，要怪就怪我。”

“不，怪我！”礼贤中学校长突然开口，“这件事都是我的错，是我把关不严，对孩子们关心不够，我愿意承担一切责任，但孩子们是无辜的。”

正在这时，会议室外传来一阵吵闹声，宋乾坤带着唯实中学篮球队的队员们来了。他大摇大摆地走进来，毫不客气地说道：“有女生怎么了？我不介意和女生一起打篮球，我也不觉得这有什么不公平，要是礼贤中学篮球队被取消了参赛资格，我们也不比了。”

“对！罢赛！罢赛！”门外的队员们一起喊道。

见易维辰眉头紧蹙看向自己，宋乾坤抬起下巴，小声解释：“你不用感谢我，我还要和你在决赛中一较高下，你们要是被取消了参赛资格，我和谁打？”

“其实……”一直未曾开口的第三中学校长缓缓道，“我最初的想法是在第三中学成立一支男子篮球队，一支女子篮球队，但是很遗憾，因为喜欢打篮球的女生太少，成立女子篮球队的想法只能放弃了。今天看到有女生愿意参加到篮球运动中，还打得这么好，让我觉得我的想法还是有意义的。我认为，作为教育者，我们不能因为这件事抹杀了孩子的积极性，我们还是应该给女孩子一个公平竞争的机会。”

组委会主席脸色凝重地点点头，转而看向坐在另一边的举报人。

也不知道是对纪然珂的发言有所触动，还是被这样争相求情的场面吓到了，举报人再没有刚才咄咄逼人的模样，她反而对纪然珂表现出超乎寻常的关心，问：“我想知道，你练了多久？”

“三个多月。”

举报人嘴张了张，许久后吐出几个字：“你很棒。”

“谢谢。”纪然珂说。

回顾这几个月，纪然珂感觉像做梦一样。她从提起篮球就讨厌变成沉迷其中无法自拔，从对篮球一窍不通连投球都投不进变成赛场上名副其实的得分利器。

这一切，离不开易维辰的指导，洛景予的帮助，自己的努力。哦，对了，还有古岩鸣的鄙视，要不是他总是讽刺挖苦自己，她大概也不会训练得那样刻苦。

曾几何时，她为身为这支队伍的一员而骄傲，现在……

从会议室出来，易维辰、纪然珂、洛景予相顾无言，默默无语，他们垂着头回到小会议室，大家立刻围上来。

古岩鸣责备道：“你们怎么去洗手间去了这么久，也不怕组委会叫你们去问话。”

“已经去过了。”易维辰面无表情地说道。

“是吗，他们怎么说……”古岩鸣小心翼翼地问。

“唉……”纪然珂重重地叹了一口气，几乎要哭出来，不过一瞬，她又兴奋地跳起来，大喊道，“没事了！我们可以继续比赛！”

“啊？真的吗？”好消息来得这样突然，大家面面相觑，不敢相信这是真的。

先前冷峻的面庞忽地放松下来，易维辰的嘴角泛起一丝不易察觉的弧度：“是真的，不仅如此，组委会还特意修改了规则，从此以后高中篮球联赛会变为男女混合比赛，只要喜欢篮球，不管是男生还是女生都可以参加。”

“太好了！”不知道该如何表达激动心情的古岩鸣干脆在地上翻了两个跟头，结果不小心踢到椅子，疼得他哇哇大叫。

“哈哈哈……”

在一片笑声中，纪然珂暗暗看向易维辰。

其实他们能够平安度过这次风波，最需要感谢的还是易维辰，虽然连第三中学校长、举报人都在向联赛组委会求情，但规矩就是规矩，既然有队伍违反了比赛规则，组委会就一定会做出处罚。

还好易维辰在关键时刻拿出了撒手锏。他抓住组委会报名通知中的漏洞，指出报名通知中并没有规定参赛者的性别，以此说明纪然珂的存在并不违规。

“可是我们比赛的名字叫高中男子篮球联赛。”组委会主席反问。

“那只是名字而已。”易维辰面不改色，“就像老婆饼里没有老婆，鱼香肉丝里没有鱼，男子篮球联赛也不一定只能有男生参加，也许只是因为这个比赛是由一个叫‘男子’的品牌冠名赞助的。”

强词夺理！组委会主席真想大骂一句。不过仔细想想这确实是他们工作中的疏忽，主要是因为提起篮球，大家下意识都会认为这是男人的运动，以至于组委会从不认为会有女生愿意打球，更没想过会有女生参赛。

最后，组委会不得不做出让步，承认了纪然珂的参赛资格，允许礼贤中学篮球队继续参赛。

别人都在为组委会的深明大义感到庆幸，只有纪然珂意识到这件事似乎没有那么简单，易维辰明显是有备而来，难道……

她趁着没人的时候，向易维辰求证：“你是不是早就知道我是女生？”

那是在回教学楼的小路上，小路由灰色的石板铺成，每块石板间隔着一段距离，一步迈一块有些近，一步迈两块又有些远，所以大部分学生不喜欢走这里。篮球队的人不一样，他们身高腿长，一步跨三块都没问题，纪然珂尤其喜欢这条小路，每到这个季节，道路两旁的灌木丛里会有不知名的小花绽放，带来阵阵扑鼻的香味，甜腻得让人心慌。

“快回答我，你是不是早就知道我是女生？”她一下子跟在易维辰后面，一下子又跳到易维辰的前面，像极了花丛里的蝴蝶。

在纪然珂的追问下，易维辰停下脚步。

“嗯。”夕阳的余晖在他的身上勾勒出一圈金色的光晕，易维辰顿了顿，用一个冷淡的鼻音极其敷衍地回应着纪然珂的问题。

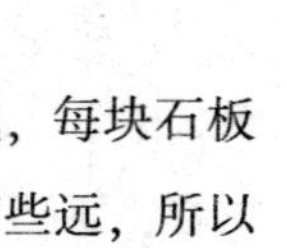

他当然知道她是女生，虽然她隐藏得很好，但他就是看得出来。有几次，他几乎要在不经意间泄露心绪，还好被他及时克制下来。他还以为纪然珂已经有所察觉，原来她到今天才意识到这件事，真是够笨的。

“真的？”纪然珂惊喜，她居然猜对了！不过，他是怎么看出来的？为什么那么多人都把她当成男孩子，只有他能看出她是女生？

“你是怎么看出来的？喂，别走那么快……”然而这一次，不管纪然珂再怎么追问，易维辰就是紧抿双唇，再不说话了。

“真是的，什么人啊……”纪然珂小声抱怨着，嘴角却止不住上扬。

原来他早就知道她是女生……

心跳无法抑制地加快，纪然珂想到一件事，这么说，自己在易维辰的眼中，会不会是一个特别的存在？会是什么呢，至少和洛景予、古岩鸣他们不太一样吧……

也不知道易维辰是什么时候知道的。是那次她误以为易维辰问她是不是喜欢洛景予的时候？还是他让自己帮忙试连衣裙的时候？数不清的细节在脑中交织，原本就已慌乱的心这下更乱了。

“你脸红什么？”

“啊？”纪然珂回过神，这才发现易维辰已经停下脚步，他将右手插在裤子口袋，怔怔地看着她。

“我……”纪然珂把手放在脸上，温度上的鲜明反差让她无力反驳。

易维辰面无表情地看了她一阵，问：“你很想知道吗？”

“嗯。”纪然珂点头。

易维辰把手上的书包甩过肩头，优雅转身：“等你长大再告诉你。”

纪然珂不服气：“喂，什么叫等我长大？你现在也不大好吗？”

“至少比你大。”

“你！”纪然珂追上易维辰，喋喋不休地和他理论。

易维辰除了提醒她小心台阶外，一如往常冷着一张脸，并没有搭理她。倒是石板路旁的小花争相探出头来，它们深吸一口这个世界的空气，然后“砰”的一声绽开了。

DISHIERZHANG

第十二章

加油！我们的巅峰使命

一场风波后，礼贤中学篮球队一路高歌猛进，他们不仅顺利晋级决赛，还打破多项联赛纪录，成为当之无愧的联赛黑马。纪然珂的出现更是成为高中篮球联赛的传奇，只要有礼贤中学的比赛，现场必定人满为患，不少人都是冲着“迫使组委会修改规则的女生”来的。

纪然珂俨然成为礼贤中学炙手可热的明星，曾经形同陌路的同学一有机会便围在她身边问这问那。

有男生向她讨教篮球技巧，约好时间要一起切磋。有女生鼓励她坚持下去，如果耽误上课也不要怕，她们会给她记好笔记，帮她补课。

英语课上，女同桌向纪然珂诉说着自己的苦恼。女生说自己很喜欢打篮球，可是男生们都嫌她笨，不愿意教她，还说她在球场上只会捣乱，让她去旁边跳皮筋。

女生向纪然珂竖起大拇指：“你真厉害，我原本都要放弃了，直到看到你打球。”她骄傲地抬起头，眼中盛满了对未来的憧憬，“这

下终于能彻底堵上那些人的嘴。”

……

这是纪然珂没有想到的，她稀里糊涂进入篮球队，又跌跌撞撞走到现在，原来这件事从头到尾都不是她一个人的事。

因为有她，那些原本喜欢篮球却不被男生看好的女生终于可以正大光明地走上球场，那些原本不喜欢篮球的女生终于开始试着了解一项体育运动，那些被作业考试折磨得焦头烂额的同学终于可以和同窗们聚在一起，收获欣喜和快乐。

纪然珂略显惋惜地看向同桌，她和自己差不多高，只是因为扎着马尾，没有被别人认成男生，不然的话，说不定也会和她一样被莫名其妙地拉进篮球队。纪然珂转念一想，又觉得也没什么可惜的，只要是真心喜欢，什么时候开始都不算晚。

纪然珂拿出自己专门为决赛买的护腕，郑重其事地交到同桌的手上：“你比我强多了，至少懂得篮球规则，知道篮球术语，我刚进篮球队的时候什么也不会，运球运不远，投篮投不中，防守防不住，不但被对手看不起，还被队友骂拖后腿，像我这样的都能在球队做主力，更别说你了。”

“真的吗？我真的可以吗？”女生激动地问。

纪然珂一遍又一遍地回答：“可以，可以，你当然可以。”

女生将那双护腕抱在胸口，情不自禁地开始幻想自己在球场上打篮球的样子。

因为同桌的一番话，纪然珂忽然觉得自己肩上的担子似乎重了一些，要是能拿下联赛冠军就好了，可是，想要击败唯实中学，并不是一件简单的事情。不要说唯实中学实力强，经验足，人数多，宋乾坤那副流氓一样的个性就够让人害怕的。

之前的三对三篮球赛不就是前车之鉴吗？

反正唯实中学篮球队人数多，他们完全可以派个虾兵蟹将出来故意把易维辰弄伤，哪怕被裁判驱逐出场，唯实中学也不会损失什么，礼贤中学可就惨了。

随着决赛日一天天临近，纪然珂一直沉浸在这份忐忑中，决赛前一天，易维辰要大家早些回家好好休息，纪然珂却在放学后情不自禁地走到体育馆。

这里还维持着她第一天来时的样子，红色的地砖，白色的墙壁，蓝色的玻璃幕墙……

那时的她为了从双胞胎手里拿回数学课本，懵懵懂懂地闯了进去，没想到反而误打误撞开启了一段别样的旅程。

体育馆里传来打篮球的声音，也不知道是不是有人在练习篮球。

纪然珂进去一看，一个穿着黑色球衣的人正带着篮球上篮，他飞扬的身姿仿佛迅捷的猎豹，随便一帧都是震撼人心的海报。

那人不是别人，正是易维辰。

“你怎么在？”纪然珂问，易维辰让他们早些回去休息，自己却在这里练球。

易维辰带着篮球站到三分线外，原地运了两下。

“回去也睡不着，不如来球场上找找手感。”说完，他轻轻一跳，

篮球出手，正中篮筐。他将篮球捡起来，一如往常那样将球夹在身侧。

“你怎么来了？”易维辰问。

“我也不知道，走着走着抬头一看，就在门口了。”纪然珂回答。也许是习惯了吧，无数个天还没亮的早晨，无数个月悬当空的夜晚，她都是在这里度过的，以至于早已熟悉了体育馆门前的路，闭着眼睛也不会走错。

“你们都在啊？”玩世不恭的声音响起，是古岩鸣来了。

洛景予紧随其后，脸上依旧带着温润的笑容：“我就知道你们会来，所以竞赛班那边一结束，赶忙过来看看。”他环视一周，不无感慨地说，“时间真快啊，大家第一次聚在这里练球好像还是昨天的事情，转眼就要决赛了。”那时的洛景予大概不会想到，原本只是想找人随便玩玩篮球的他会站在决赛的赛场上。

古岩鸣也在感慨：“是啊，月考都考几回了，决赛完又是一场考试，你们说奇怪不奇怪，我本来是来打篮球的，结果篮球技艺没提高多少，学习成绩倒是好了许多。”

易维辰扬起嘴角，不客气地说：“那纯粹是因为你以前太差。”

“哈哈哈……”

纪然珂笑着笑着，忽然蹙起了眉：“也不知道明天的比赛能不能赢。”

提起这场比赛，大家的心里都没什么底，毕竟他们曾和唯实中学交过手，那场甚是惨烈的比赛直到今天都让人心有余悸，明天的情况只会比三对三篮球赛更加激烈。

“能赢！一定能赢！”

在一片沉寂中，忽然传来一个人坚定的喊声。接着，纷乱的脚步声从走廊传来，那个声音绵延不绝，夹杂着阵阵说笑，青春恣意。

偌大的球场不一会儿便被汹涌的人潮填满了，他们是礼贤中学的学生，约好了要一起给篮球队加油。为了这场期待已久的比赛，他们不仅制作了横幅，还临时组织了一支啦啦队。

随着音乐响起，拿着花球的啦啦队上场，大家的动作明显有些生涩，但每个人的表情都格外认真。

“咦？”纪然珂注意到啦啦队里有一个总是比别人慢半拍的高个子队员，她疑惑地指着那人问，“怎么有男生？”

那人看了纪然珂一眼，反问道：“怎么？只允许女生打篮球，不能让男生跳啦啦操？我等这一天很久了,哼……”在音乐终止的时候，男生抬起下巴举起右手摆出一个造型，那份自信与从容丝毫不逊于旁边的女生。

“好！”纪然珂率先鼓起掌来，既是为跳啦啦操的男生，也是为打篮球的自己。

有了这么多同学的支持，纪然珂也对明天的决赛多了几分信心。不是有一句话叫“赢就一起狂,输就一起扛”吗？如果他们赢了比赛，原本属于几个人的快乐会因为与同学们分享而无限放大，如果他们输了比赛，天大的难过分摊到每个人身上也会变得不值一提。

篮球队的其他队员们也深受鼓舞，易维辰在这时向前一步，他以篮球队队长的身份向同学们表示感谢，他刚说到篮球队在明天的

比赛中一定会全力以赴，突然有一群不速之客闯进了体育馆。

“喂！前面的让一让，给我们队长让一让！”

“是唯实中学篮球队的宋乾坤，他怎么来了？”

人群迅速分开，宋乾坤大摇大摆地走过来，他看了看挤在这里给礼贤中学篮球队加油的学生，又看了看站在对面的易维辰，意味不明地哼了一声。

“你想干什么？”古岩鸣上前一步，大声吼道。

“喂！”宋乾坤的队员们立刻挡在古岩鸣身前，不甘示弱地叫嚣，“你想干什么！”

“咳咳……”宋乾坤挥手，他的队员们立刻退了下去。

易维辰面无表情地看了他一眼：“明天就要比赛了，你有什么事吗？”

“当然有事！”宋乾坤不可一世地说道，他在这时手心朝上抬起手，他的队员立刻将一件球衣放在他的手上。宋乾坤把球衣抖开，众人一看，上面除了“唯实中学”四个字和宋乾坤的号码之外还有一个签名。

“好像是乔比斯！”人群中有人大喊。

天哪，那可是乔比斯！当今世界篮坛炙手可热的篮球巨星，宋乾坤居然有他的签名。

宋乾坤捧着那件球衣，嚣张的面容有了一丝不可思议的柔软，只是语调依旧高高在上：“我知道是你做的，谢谢啊。”

在乔比斯来唯实中学交流时，他没能要到乔比斯的签名，他为此把怒气撒在易维辰身上，觉得是易维辰小肚鸡肠不肯帮忙，其实仔细想想，这一切还不是因为他不学无术，连基本的英语口语都不会？

他原本以为错过了就是错过了，他再也不可能和乔比斯产生交集，更别说要到乔比斯的签名。谁知道就在前两天，有一个包裹送到他家，那是从遥远的大洋彼岸送来的，他看不懂上面的文字，但里面的东西他一眼便能认出来。

那是乔比斯的签名，而且签在了他的球衣上！

在这个世界上，有谁能联系到乔比斯，又能知道他家的住址？除了易维辰，他想不到别人。

宋乾坤收起球衣，表情凶狠地对易维辰说道："你别以为你这么做我就会手下留情，我告诉你，明天的比赛不止你们会全力以赴，我们也会！不过……"宋乾坤话锋一转，显得有些局促，他顿了顿，终于狠下心来，用前所未有的口吻道，"不过，我可以向你们承诺，在明天的比赛中，我们绝不会使用小动作，你、我，还有我们这两支球队，要来一场公平的较量。"

"真的吗？"一旁的纪然珂叫道，他们一直在为宋乾坤霸道的球风担心，现在他居然主动提出文明打球，绝不触碰底线，真是再好不过。

不只是纪然珂，所有人都为宋乾坤在这时表态感到意外。易维辰的神色蓦然一松，他向宋乾坤伸出手："一言为定！"

宋乾坤毫不犹豫地和他握在一起："一言为定！"

礼贤中学体育馆响起一片欢呼，宋乾坤大手一挥，带着队员们离开了。阳光重新洒在他的身上，恍惚间好像回到了那个在球场上恣意奔跑的下午。

宋乾坤永远都不会忘记，在三对三篮球赛上，他为了报被易维辰隔扣的仇，选择在加时赛时隔扣了易维辰。他成功了，他向所有人证明易维辰能做到的他也可以做到。可是，易维辰的一个动作让他久久不能忘怀。当时，他在扣篮成功后身体失去平衡，险些摔在地上，是易维辰及时察觉，在放弃防守的同时扶了他一把。

如果换作是他，他会这样做吗？

宋乾坤不敢去想，因为他只要一想就证明他输了，彻彻底底地输给了易维辰。

他现在忽然有些明白，为什么不管是职业队教练还是篮球巨星乔比斯都会对易维辰青眼有加，他和易维辰，的确差得很远。

但那又怎样，日子还长，他会从现在开始加倍追赶回来，不管是球技、做人还是学习成绩。

想到这里，宋乾坤拿出耳机戴上，一段英语听力顺着耳机线钻进耳朵。

高中篮球联赛决赛定在本市体育馆进行，现场一分为二，一边坐着礼贤中学的学生，一边坐着唯实中学的学生，除此之外还有不少家长、媒体、球探。

两校校长也在主席台就座，两人表面上说着“友谊第一，比赛第二”，其实心里一直暗暗憋着一股劲儿，希望自家队伍能碾压对手。

纪然珂不太走运，比赛刚一开始她就受了点儿小伤，她原本想忍一忍继续参赛，洛景予却说伤势可大可小，万一严重了可不是闹着玩的。古岩鸣也说他们几个应付得来，不是非她不可。易维辰更是直接下了命令，要她好好在替补席上待着。

纪然珂拗不过大家，只得在场边坐着，和礼贤中学啦啦队一起给篮球队加油鼓劲。

比赛实在是太精彩了，一贯矜持的两校校长也按捺不住心中的躁动，不是在封盖对手时大声叫“好”，就是在队员投出三分时喊出“漂亮”，然后在旁人的叹气中反应过来，后知后觉般向旁边的校长回报一个假笑：

“哎呀，碰巧碰巧，都是运气好，根本不值一提，还是你们厉害。”

“哪里哪里，还是你们厉害。”

比赛越来越激烈，比分越来越胶着，也不知道是现场的温度太高，还是大家投入太多热情，场上的队员们个个汗流浃背，看台上的观众们也面红耳赤，声音嘶哑。

比赛进行到决胜阶段，两队比分持平，全场观众同时起立，迫不及待想知道究竟哪一队会得到胜利女神的眷顾。

很快，胜利的天平向唯实中学一方倾斜，宋乾坤三分命中，预定了决赛冠军的奖杯。

比赛还剩 8.4 秒，洛景予运用聪明的大脑，不仅突破重重防守上篮打中，还通过假动作造成对方犯规，成功加罚一次。

哨声响起，两队再次打平，比赛进入加时阶段。

真是惊心动魄啊，礼贤中学校长在心里感叹。要是洛景予没能投中，或是罚篮没有命中，这场比赛就要输了。

加时赛开始，两队依旧你来我往，紧咬着比分。

已经杀红眼的宋乾坤有如神助般连续命中两记三分，再一次将决赛冠军奖杯拽了过来。然而另一边的易维辰也不甘示弱，他不仅回敬给对方一个三加一，还在随后的快攻中成功打中，两队又在哨声响起时战成平手！

比赛进入第二个加时，两队节奏不减，一会儿你抢断我，一会儿我封盖你，攻防转换极快，两队在场上来回跑着，简直不像篮球队，更像是田径队。

随着两队的比分交替攀升，现场的观众禁不住发出感慨，不会进入第三个加时赛吧？

几次以为比赛结束准备往出口走的观众们在心里祈祷："拜托了，赶快结束吧，你们打得不累，我们也看累了。"

没有人愿意在这个时候放弃，特别是当联赛冠军奖杯就摆在眼前时，哪怕已经弹尽粮绝，哪怕已经筋疲力尽，场上的队员们还是凭着意志坚持着。

渐渐地，礼贤中学一队呈现出疲态，他们不仅奔跑速度慢了，防守强度低了，投篮命中率较之前也差了一些。

事实上，在第二个加时开始前，易维辰已经瘫软在地，要人搀扶才能起来，洛景予也忍不住按着胸口一阵干呕，就连一向健壮如牛的古岩鸣也脸色惨白，累得连话都说不出。

纪然珂知道，大家坚持到现在已经是极限了，在球队面临生死存亡的时刻，她再没有理由在替补席上苟且，必须马上站出来。

纪然珂不顾众人的反对，坚持出现在球场上。

在比赛刚开始的时候，纪然珂在一次拼抢中摔倒在地，同时摔倒的唯实中学篮球队队员刚好砸在她的脚上，狠狠压了一下。虽然经过一段时间的休息不妨碍走路，可是一跑一跳的时候，脚踝还是会隐隐作痛。

但此时的她也顾不上那么多，唯实中学的替补队员众多，主力队员累了就换替补队员上场，比分有了差距就换主力队员上来反扑，他们总是能以最饱满的状态和礼贤中学篮球队进行拼抢，完全不存在体力问题。

纪然珂也不是好惹的，在经过几场比赛的磨炼后，纪然珂真正懂得了什么叫扬长避短，她总是能有效利用自己的脑后抓球绝技和身为女生在身体上的灵活与柔韧帮助球队得分。

在第二个加时赛中，纪然珂独得九分，顺利稳住局面。而宋乾坤也因为始终不愿意下去休息渐渐支撑不住，在最后一次进攻中，宋乾坤三分不中，两队继续打成平手！

第三个加时来了！

这一次，不止全场观众感到无比震惊，联赛组委会也觉得不可思议，如果没记错的话，这是联赛成立以来出现的第一个三加时，哪怕是在世界篮坛范围内，比赛被拖入三加时也是不多见的。

这群孩子还能坚持吗？

所有人都在心中画了个问号，校长、老师、家长、同学更是心疼不已。比赛到了这个时候，胜负似乎不那么重要了，因为他们能坚持到现在，已经创造了一个奇迹。

第三个加时赛开始，瘫坐在地的易维辰在古岩鸣和洛景予的拖拽下站起来，大家相扶相持重新站上赛场。

哨声一响，什么疲惫，什么输赢都已抛之脑后，每个人的眼里只剩下不断跳跃的篮球和悬在半空的篮筐，“得分”才是篮球运动员的使命。

宋乾坤虽然打满全场，唯实中学篮球队的其他队员依然活跃，他们总是能在礼贤中学的狙击下率先一步得到分数，礼贤中学拼命追赶，却还是差了一些。

时间一分一秒地流逝，唯实中学一队将优势保持到了最后，领先礼贤中学篮球队两分，而这个时候距离比赛结束只剩下不到十秒的时间，篮球还在宋乾坤手里，唯实中学胜局已定。

转机出现了！

宋乾坤上篮失误，篮球没有进筐，古岩鸣趁机用手一拨抢下篮板，洛景予将险些飞出球场的篮球救回传给易维辰，易维辰想也没想顺势将篮球向后一抛。

疯了！他们都疯了！

在场的观众只有一个想法，礼贤中学篮球队的队员们疯了！

一个不要命似的抢篮板，一个扑到外面把球救回场内，一个背着身子向后传球，难道他们这么有把握队友一定能接到他们的传球？还有最后这个人，她就更奇怪了，只管一个劲地向前跑，连接球的姿势都没有摆出来。

纪然珂自始至终没有回头，她倏地向后伸手一把抓住飞过后脑的篮球，与此同时，她在三分线外停下脚步，将篮球举在胸前。

纪然珂在心中盘算，礼贤中学差唯实中学两分，这个时候跑向篮下很可能时间不够，就算将比赛拖入第四个加时赛，以礼贤中学一队的体力大概也只有认输的份儿，在这种情况下，投一个三分球或许是最好的选择。

可是，如果这一球没有投进，他们就彻底输了。

球场忽然安静下来，纪然珂仿佛回到了在礼贤中学体育馆训练的日子。

那个时候，她也是站在这个位置上试着将篮球扔向篮筐。她对自己充满期待，希望有朝一日能摆脱“菜鸟”的身份，真正站上球场。

古岩鸣发现她偷偷练习投篮，毫不客气地嘲讽：“你练什么不好，偏偏要练投篮？篮球根本不可能会传到你的手上。还投篮？做梦吧。”

易维辰不厌其烦地对她进行指导：“右脚指向篮筐中央，手肘偏右，右！你左右不分吗？”

路人得知她是球队的秘密武器，不敢相信：“就她？运球运不远，投篮投不进，防守防不住……”

……

这一秒是那样长，长到仿佛经历了无数个没有太阳的清晨与夜

晚，这一秒是那样短，短到根本来不及细细权衡，一切只是出于长期训练的本能。

起跳、用力、出手，一道优美的弧线在运动场上空划过，在篮球入筐的同时，篮板上代表时间用尽的红灯亮起。

进了！礼贤中学进球了！绝杀！礼贤中学再一次完成了绝杀！这真是太不可思议了！

礼贤中学的学生们又叫又跳，齐声欢呼。已然筋疲力尽的队员们好像瞬间恢复了体力，尖叫着向球场中央聚集，激动地抱在一起。

很快，有人注意到了一丝不对劲，球场上空的记分牌上，礼贤中学依旧以两分之差落后于唯实中学，这个三分球并没有被记录进去。

接着，裁判向全场宣布，礼贤中学投中的三分球无效，他们认为洛景予在救球时踩到边线，按照规则，这个时候球权应该转移给唯实中学篮球队，那么礼贤中学篮球队在随后获得的三分也就不存在了。

最终，礼贤中学以两分之差输掉了比赛，与高中篮球联赛冠军失之交臂。

很多年后，纪然珂都忘不了那时的感觉，明明已经不抱期望，却意外将冠军奖杯揽入怀中，日思夜想的场景终于要变为现实，连如何庆祝都已经想好了，突如其来的宣告又将这一切打破。

多么希望这不是真的！

来吧！第四个加时赛来吧！他们还可以继续战斗！

此时此刻，所谓的“遗憾”“不甘”“自责”是多么浅薄，没有词汇能形容他们心中蔓延到每一个角落的失落。

礼贤中学篮球队的队员们不想放弃，他们围着裁判据理力争，纪然珂甚至不争气地哭了起来，在场的观众也唏嘘一片，可是规则就是规则，没有任何情面可讲。

当裁判向所有人宣布篮球联赛冠军是唯实中学篮球队时，不只是纪然珂绝望地蹲在地上大哭，易维辰、洛景予、古岩鸣也悄悄红了眼眶。

宋乾坤没有急着接受观众的赞美，他独自来到礼贤篮球队中间，安慰了纪然珂，又抱了抱易维辰——这个曾经的队友，如今的对手，一辈子的朋友。

易维辰长长地吐出一口气，拍了拍宋乾坤的背，在他耳边说：“恭喜。”

音乐声响起，颁奖仪式正式开始。

组委会主席先为礼贤中学篮球队颁发了奖牌，又为唯实中学篮球队送去了奖杯。

在一片掌声中，唯实中学校长谦逊地说：“真是不好意思，高考这方面没的说，肯定是你们强，篮球嘛，还是我们厉害了那么一点点。”

纵观整场比赛，两队似乎不分伯仲，但礼贤中学校长看得出来，无论是比分还是篮球技术，唯实中学始终压了礼贤中学一头。然而礼贤中学校长并不想认输，他推了推眼镜，慢条斯理地说：“如果我们也有十二名球员，而不是让球队主力打满全场，结果如何还不一

定呢。等着吧，我们明年一定赢回来。”

“明年？”唯实中学校长不信，他太了解礼贤中学校长了，这个时常把“禁止所有与学习无关的事”挂在嘴边的校长，会让学生参加一次高中篮球联赛已经是个意外，怎么可能还有明年？

“对，明年！不仅是明年，还有后年、大后年，以后的每一年，只要坚持下去，高中篮球联赛的冠军总会属于我们。”礼贤中学校长向站在领奖台上的队员们竖起大拇指，异常笃定地对唯实中学校长说，“不信我们走着瞧。”

礼贤中学校长说到做到，从那以后，他确实加大了对篮球队的投入，不仅重新整修了体育馆，请来了专业教练，还彻底放开了对学生们过于严苛的管制，让每个学生都得到了健康全面的发展。

当然，作为回报，礼贤中学的学生们也没有忘记刻苦学习的重要性，重点大学升学率依旧保持在全市前列。

时光匆匆，一晃几年过去了，礼贤中学橱窗内的高考喜报换了又换，有一张照片始终没有换过。

照片上的男生浅浅地笑着，即便被阳光照得有些褪色，依旧如春风一样温暖。照片下面写着这个男生的简介，在一长串竞赛奖项后面跟着一句话：曾作为礼贤中学篮球队主力获得高中篮球联赛亚军。

每个曾在这里驻足的人都忍不住发出感叹：“这也太厉害了吧，学习好，随便一考就是奥赛一等奖，篮球也好，随便一打就拿了亚军。”

这天，又有人在橱窗前站定，他看了一阵，微微一笑，接着向礼贤中学体育馆的方向走去。

如果这个时候有人看到他，一定会惊讶地发现，他竟然和橱窗里的人有着一模一样的脸。

时隔几年，洛景予重新来到礼贤中学，这个他没怎么上过课，却足以让他铭记一生的地方。

近乡情更怯。

越是靠近体育馆，洛景予越是放慢了脚步，直到听到体育馆里传来打篮球的声音，他的眼睛才忽地一亮。

难道是篮球队在训练？

正在体育馆里打球的是个女生，女生穿着黄色篮球服，乌黑的长发扎成丸子头，她显然不是刚接触篮球，运球、上篮一气呵成，技巧娴熟，动作优美。

女生的出现引发了另一人的不满，那人正是礼贤中学篮球队的现役队员，他用手一指那个女生，大声道："你是谁？你不知道这是校篮球队的专属训练场地吗？想打篮球去教学楼对面的露天场地去，这里不是你该来的地方！"

正在这时，男生发现鞋带开了，他一边系鞋带，一边在嘴里嘀咕："真是的，女生打什么篮球，高中篮球联赛组委会真是有病，好好的男子篮球联赛非要搞成男女混合联赛，这些女生一个比一个笨，带也带不动，只会拖后腿……"

"是吗？"

突然而至的声音吓了男生一跳，他抬头一看，女生正在离他不远的地方，一动不动地看着他，在她的食指上，橘色的篮球仿佛陀螺一样不停旋转。

女生说："你敢不敢和我比一比？"

"比就比！"男生不甘示弱地说道。

纪然珂在高中毕业后，虽然没有加入所在大学的篮球队，但依旧把篮球当作一项爱好，篮球技艺也颇有精进，在和她的对垒中，男生渐渐落了下风。

又一次被纪然珂成功进球，男生坐不住了。眼看纪然珂再度起跳投篮，男生灵机一动，在纪然珂要落下来的同时，迅速将脚向前一伸。如果他没有判断错的话，这里正是纪然珂会下落的位置，当她的脚落在自己脚上时，一定会因为站立不稳趔趄一下，说不定还会扭伤脚踝。

男生唇边的弧度还没来得及扬起，突然间，他惨叫一声倒向一边。不知道从哪儿来的扫堂腿，狠狠将他踢了出去。

"啊……"男生抱着小腿不住哀号。

纪然珂稳稳落在地上，朝他看去。

宋乾坤上前一步，居高临下看着那人："你竟敢使用小动作？你知不知道曾经有一个人说过，想要成为真正的篮球大师，除了拥有高超的球技，还要有令人敬佩的品格。"

"谁……谁说的？"男生问。

"乔比斯。"宋乾坤一字一顿地说道，他用拇指在鼻尖上一划，颇为得意地扬起下巴，“我还有他的签名，怎么样，厉害吧？”

“你还好意思说别人。”慵懒的声音翩然而至，宋乾坤回头一看，立刻变了脸色。这样被人当众讽刺，他怎么能受得了。

宋乾坤几步冲上去，恶狠狠地瞪着那人：“你！”

不过一瞬，紧绷的面容倏地绽开，宋乾坤嗔怪似的对那人说：“你怎么才来，我都等你半天了，教练说放假了也要保持训练，你没偷懒吧？”高考后，两人考入同一所大学，又一同进入校篮球队，现在，他们是亲密无间的队友，正在为大学篮球联赛做准备。

“放心吧，我易维辰的字典里什么时候有‘偷懒’两个字。”

“易维辰？”跌在地上的男生大叫。难道眼前这个人就是当年以一己之力组建篮球队参加篮球联赛，六十秒独得十分绝杀第三中学，和唯实中学鏖战三加时的大神！

他环视一周，惊诧得不知所措。

那么，这些人又是谁？

难道……

男生恍惚间记起挂在体育馆走廊上的历届球队合影，难道他们就是礼贤中学首届篮球队的成员！不过，好像还差一些人……

“洛景予！”纪然珂一眼看到站在不远处的洛景予，兴奋地招手。

洛景予走过来，和大家打过招呼后对纪然珂说：“你好像又长高了。”

“唉……”纪然珂大声叹气，“我真的不想再长高了。”

古岩鸣不住点头：“对对对，再长高的话不好找男朋友的。”

“咳……”易维辰用一声轻咳打破了众人的担忧，“这就不用你操心了。”

“什么意思？”古岩鸣看了看易维辰，又看了看红了脸的纪然珂，突然明白过来，“难道你们……你们什么时候在一起的？”

什么时候？

纪然珂不禁陷入回忆。

高考结束后的那个暑假，已经升入大学的易维辰放假回来，说是手里有两张位置极好的球票，想邀请她一起去看球赛。

那时的纪然珂早已是篮球的忠实粉丝，国内外的球赛看了不少，如今能亲临现场看球，她当然不会放过这个机会。

然而，那场球赛打得怎样她已经记不清了，因为在接近两个小时的时间里，她的心思自始至终都没有放在球赛上。

球赛间隙的一个游戏环节倒是让她印象深刻，按照规则，球场上空的显示屏会出现现场观众的画面，当音乐停止时，被画面定格的男女需要迅速接吻，然后便可以在主办方那里领取一件礼品。

见易维辰的脸上没什么表情，纪然珂半开玩笑地问：“如果拍到我们怎么办？”

“你希望被拍到吗？”易维辰反问。

纪然珂不知道，但是确定没被拍到后，纪然珂的心中还是有些失落的。

她原本以为这次见面就这样平淡无奇地度过了，直到易维辰送她回家，昏黄的路灯将两人的影子拉长，易维辰忽然问她：“你还记不记得，你曾经问过我，我是怎么看出来你是女生的。”

纪然珂当然记得，那是在和第三中学的比赛上，她的身份被揭穿后，易维辰承认他早就看出纪然珂是女生，但是当她追问他是怎么看出来的时候，他并没有给出答案，还说什么等她长大再告诉她。

纪然珂问：“你是怎么看出来的？”

易维辰轻笑一下，说：“因为我看到你时会有心动的感觉。”

FANWAI

番外

永远！就是余生都是我和你

01

“砰！”

“啊！”

一声闷响后，纪然珂捂着头低呼。

该死，她怎么又忘了这是在大学宿舍。

因为身高原因，她总是会在不经意间碰到上铺的床板，几个月下来，脑袋上不知道多了多少个包。

一旁的室友知道她要出门，神神秘秘地拿给她一件东西，诡秘一笑，说：“不用谢我。”

纪然珂眼睛一亮，接过东西后连声道谢。

高中毕业后，纪然珂终于得到母亲的许可重新留起长发，自那之后，她再没有被别人错认成男生。

除此之外，她还特意选择了服装设计专业。读大学后，她开始为自己设计、制作衣服，从前只能穿运动服的她终于有了合身的连衣裙。

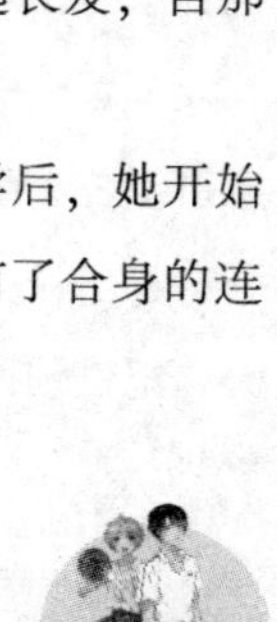

纪然珂有一个梦想，她希望毕业后可以开一间服装工作室，专门为像她一样拥有特殊身材的女孩子制作漂亮衣服，彻底解决她们没有合适衣服可穿的烦恼。

也不知道是不是因为等的时间有些长，纪然珂下楼时发现易维辰的脸色不太好。

可是女孩子就是这样，要洗脸、洗头发、护肤、化妆、挑衣服、选鞋子、找包包，还要往包包里塞上各种可能用到的东西，相比其他人，她已经很快了。

好吧好吧，是她不对，她不应该让他等这么长时间，和他道个歉好了。

然而，没等纪然珂开口，一直沉默不语的易维辰突然开口："你怎么回事？是洗头发的时候没有把洗发水冲干净吗？"

"啊？"纪然珂慌慌张张地摸了一把头发，又把手指放在鼻子前闻了闻，清甜的香味让她反应过来，这不是洗发水的味道，而是香水的味道。

室友新买了香水，据说是时下最热门的"斩男香"，只要是男人都会为这种味道倾倒。室友知道她要约会，特意贡献出来，还让她把香水喷在耳后，说这里最能让男人沉醉，谁知道……

"我……"纪然珂不知道该怎么办，她总不能说自己为了见他特意喷了香水吧，显得她特别重视他似的……

算了，就当她没把洗发水冲干净吧。

纪然珂刚想破罐子破摔，易维辰却在这时俯下身，在她耳后嗅了嗅。纪然珂吓得一抖，整个人几乎无法思考。

不等纪然珂有什么反应，易维辰又在她喷过香水的地方亲了一下，说：“不过还挺好闻的。”

随着温热的气息拂过耳郭，纪然珂只有一个想法，原来“斩男香”是真的。

02

纪然珂还记得和易维辰第一次约会时的情景。

那时刚高考完，大家除了吃饭就是睡觉，好像要把高三一整年的睡眠补回来。偏偏就在这个时候，易维辰要她第二天早上七点见面。

纪然珂本来是不太愿意的，可是一想到易维辰约到这么早的时间，也许是有什么重要的活动，也就咬牙答应了。

第二天一早，她穿得漂漂亮亮出现在易维辰面前，易维辰却穿了一身运动装。

相比高中时代，现在的易维辰似乎有了些许变化，他更成熟了，也更帅气了，不知道在大学里有没有女生喜欢他。

易维辰见她来了，面无表情地说：“开始吧。”

“啊？开始什么？”

“跑步啊。”易维辰理所当然地说道。

“哦。”然后她便莫名其妙地跟着易维辰跑了五公里。

跑完后，易维辰带纪然珂吃了早饭，接着要送她回家。

纪然珂再一次瞪大眼睛：“这样就结束了？”情侣约会不是应该一起吃大餐、逛公园、看电影吗？

“当然没有。”易维辰说，“明天继续跑。”

……

其实易维辰也不总是像纪然珂以为的那样不解风情。

跑够一个月后，易维辰送给她一件礼物，那是一支闪耀着星芒的口红。

那时的她不懂化妆，也不清楚口红与口红之间的区别，只是觉得这个小东西特别精致，外壳上似乎带着某人的体温，打开后有淡淡的水蜜桃味。

后来，她对口红有了一些了解，也跟风买过几支热门色号，可是最常用的还是这一支，哪怕外壳刮花了，掉漆了，也一刻不离地带在身边。

易维辰也很喜欢这支口红，他说他在众多口红中一眼看中这个，根本没有犹豫。

“为什么？”纪然珂问。是不是因为这个颜色特别适合她？

易维辰说：“因为这支口红的色号是520。”

03

不只是纪然珂的室友，几乎整个设计学院的同学都知道她有一个身高超高、不苟言笑的男朋友。倒不是因为纪然珂智齿发炎吃不了东西，他天天给她送米糊、酸奶，也不是因为两人在图书馆学习时，纪然珂睡着了，他把自己的外套盖在她的身上，而是因为在一次公共课上，易维辰当着所有同学的面，直接宣示了自己的主权。

那是整个学校面积最大的教室，能同时容纳两百多人上课，因为刚开学不久，人来得特别齐，教室里满满当当的，纪然珂只能带着易维辰在教室角落坐下。

讲台上的女老师讲到一半，想请一位同学回答问题，不知怎么，易维辰居然在这时举起手。

据他事后说，当时的他只是想试一试旁边的立式空调有没有出风，然后便发现所有人都向他这边看过来。

女老师特别开心，这还是第一次有人主动举手回答问题，她想给易维辰加分，问他叫什么名字。

易维辰想也没想，面不改色地说：“我是纪然珂的男朋友。”

“哇哦……”

原本死气沉沉的同学们仿佛一下子被点燃了，有人还兴奋地吹起口哨，唯独纪然珂红着脸低下头。

易维辰面不改色地回答完老师的问题，不忘叮嘱一句：“把分加给纪然珂。”

“啊！”

大家再一次欢呼起来，这一次，甚至有不少女生向纪然珂投去羡慕又嫉妒的目光，而纪然珂却在众人的注视中，把头埋得更低了。

后来，女老师只要遇到没人回答问题的时候就会问：“纪然珂的男朋友在吗？纪然珂的男朋友呢？我会给纪然珂加分哦。”弄得纪然珂特别尴尬。

每当这个时候，易维辰都会向纪然珂抛去一个意味不明的笑，然后大大方方站起来，说：“我在。”

04

纪然珂也会抽出时间去隔壁学校体育馆看易维辰练球。

理工大学篮球队是全国大学生篮球联赛冠军的有力争夺者，几个已经打出成绩的主力不止在本校，在周边几所学校甚至是全国高校都颇有影响力，经常有女生跑来看他们打球，或是在社交媒体上询问他们的情况。

大家刚看到纪然珂的时候都在猜这个人是冲谁来的。有人说是冲最帅的那个，有人说是冲打得最好的那个，大家一边说一边兴奋地起哄。

易维辰自始至终默默听着，宋乾坤倒是摆出一副看好戏的表情。他太了解易维辰，易维辰这个人既严肃又无趣，从不和队友开玩笑，也不会把和篮球无关的事情拿到篮球场上说，以他对易维辰的了解，易维辰大概会咳嗽一声，让大家继续练习。

果然，易维辰朝越来越放肆的众人咳嗽一声，只是他没有让大家继续练习，而是向纪然珂走去，然后微微俯身吻了纪然珂的额头。

“啊！”

队员们都看呆了，宋乾坤也不敢相信，这还是他认识的那个易维辰吗？

纪然珂也吓了一跳，她还记得开学那天，易维辰带她熟悉了一下学校，分别时，她闹着要易维辰亲她一下，易维辰将右手插在裤子口袋，不管她怎么说就是没有动作，最后没办法了，才板着脸说了一句：“这么多人，不合适。”

奇怪，今天也有很多人，还都是他的队友，他怎么不说“不合适”？

易维辰在她头顶摸了摸，说：“今天要是不亲，你就要被别人拐走了。”易维辰把放在一边的外套递给她，“体育馆里冷，你多穿点儿。”

纪然珂注意到那件外套是篮球队特意定制的队服，背后有易维辰的名字和他的专属号码。纪然珂想，这下不只是篮球队队友，来来往往的人大概都会发现易维辰已然心有所想身有所系。

那天训练结束后，宋乾坤招呼大家去 KTV 唱歌。

宋乾坤是名副其实的麦霸，最爱重金属摇滚，几首下来，满头大汗。他唱得累了，撺掇易维辰也唱一首。他说他认识易维辰这么久了，还没听他唱过歌。

其他人从不敢和易维辰开玩笑，现在有宋乾坤挑头，大家也都大着胆子闹起来，不过易维辰说不唱就不唱，不管宋乾坤怎样威逼利诱都没有用。

回去的时候，纪然珂偷偷问易维辰：“你是不是五音不全？”她

好心安慰他，“没什么的，我也五音不全。”

她还想说什么这个世界上没有人是十全十美的，什么自己不嫌弃他唱歌难听之类的，易维辰突然开口：“我不是五音不全，我只是想唱给你一个人听。”

在那不久后的一天，易维辰在电话里为纪然珂唱了一首歌，之所以要在电话里唱，是因为他正在外地参加比赛，半个月后才能回来。

易维辰唱完后，难得露出一丝忐忑，他小心翼翼地问纪然珂：“怎么样？”

纪然珂微不可闻地叹息一声，答非所问：“我想你。”

05

两个人也不是没有吵架的时候。

纪然珂所在的设计学院要举办服装设计大赛，大赛会模拟真实的秀场，由服装表演专业的模特配合灯光、音乐、主持人的解说展示参赛者的作品，这就要求参赛者提早联系模特。

定好模特的那天，纪然珂兴致勃勃地对易维辰说自己多么不容易，在她的苦苦哀求下，模特班最高最帅的男模终于答应她穿她的作品出场。

“我们班好多女生都喜欢他，那么多人找他，他只答应了我。”纪然珂不无自豪地说道。

“我一定不能辜负他，这次就算不为了自己，为了他也要夺得第一。”

“你有没有什么好点子？加一些铆钉怎么样？或者加一些流苏？哎呀，太俗了，还是皮革比较能衬托出他的气质。”

纪然珂滔滔不绝地说着，很久之后才发现易维辰一直没有说话。

“怎么了？”纪然珂问。

易维辰看她一眼，面无表情地质问：“我是不够高？还是不够帅？”

纪然珂这才反应过来，易维辰竟然吃醋了！

易维辰吃醋归吃醋，当她需要他的时候，他还是在第一时间出现了。大赛的主题是“废物利用”，要求参赛者用废旧牛仔裤制作新服饰。

为了比赛，纪然珂咬牙把自己最喜欢的两条牛仔裤剪了，可是相对于比赛需要的用量来说还是杯水车薪。无奈之下，她只能求助朋友圈，谁知道消息刚刚发出去，她便接到了易维辰的电话。

大概是怕她不忍心，易维辰张口便是：“本来也打算扔，你需要的话正好。”

“谢谢。”纪然珂怯怯地接过牛仔裤，不知道该说什么好。

从确定关系以来，易维辰为她做了太多，她在课堂上把衣服做到一半，忽然发现少了布料，易维辰二话不说，帮她去城市另一头的批发市场买布；她赶不及在老师说的截止日前把衣服做好，易维辰也会帮忙，结果被缝衣针扎了好几次。

纪然珂抬起头，像一只兔子一样望着他，真诚地问：“我能为你做什么？”

“这个嘛……”易维辰思索片刻，微微俯身，说，“你可以亲我一下。”

纪然珂红着脸在易维辰的脸上啄了一下，两人又聊了一会儿，一直到宿舍要熄灯了，易维辰才恋恋不舍地离开。

易维辰在走之前还不忘表情严肃地叮嘱她：“对了，以后说别人又高又帅的时候先想想我。”

那一刻，纪然珂又想骂又想笑，真是的，她以前怎么不知道易维辰这么爱记仇。

06

易维辰也不是总能在她需要的时候立刻出现在她身边，事实上，随着时间推移，易维辰又要忙学业，又要忙比赛，训练的时间都不够，更别说抽出时间陪她。

一次在澡堂洗澡，室友突然指着她大喊：“纪然珂，你的背上怎么有个大包？”

“咦？”纪然珂摸了摸那个地方，不疼不痒，但是确实有越来越大的趋势。

在室友的劝说下，纪然珂去了一趟医院，医生分析了各种可能，什么这瘤那瘤的，听上去极其可怕，但究竟是什么，还要看化验结果。

从医院出来，纪然珂满脑子都是“完了，我得绝症了”，突然间，她听到身后有人在喊：“谁的病历本？谁的病历本掉了？”

纪然珂不由得在心里叹气，谁这么傻，病历本都能丢？等她上了地铁才发现自己的病历本不见了，原来丢病历本的傻子正是她自己！

纪然珂难过极了，谁知道回学校的路上又遇见一件事。

那时候天已经黑了，纪然珂从地上的灯影里发现后面有一个人贴得她很近，她下意识加快脚步想要甩掉那人，那人像是察觉到了什么，掉头走了。

纪然珂一边回头一边把手放进自己的口袋，几乎只是一瞬，她的脑袋“嗡”的一声，糟了，她的手机不见了！

纪然珂想也没想，冲着那人大喊：“把手机还我！”

其实事后想想，纪然珂也不知道当时的自己怎么会有那样的勇气与决心，也许是因为手机里有很多无法割舍的回忆，也许是因为刚刚被告知很可能得了“绝症”，纪然珂不顾一切地追上去，义正词严地让那人把手机交出来。

那人看看她，骂了一句“倒霉”，把手机甩给了她。

没过一会儿，易维辰的电话来了。不管有多忙，易维辰总是会为她留出时间，哪怕两个人什么都不说，就这样听着彼此的呼吸声也好。

电话那头，易维辰微微喘着气，应该是刚结束训练不久。

“你在外面吗？这么晚了还不回宿舍？”熟悉的声音在耳边响起，满腹的委屈无处发泄，纪然珂忽然有了想要大哭一场的冲动。

不过她还是忍住了，易维辰正在为大运会做准备，为了不影响他的发挥，她还是什么都不说的好。

就像被偷的手机能失而复得，所谓的“绝症”也被证明只是虚惊一场。

重生一般的纪然珂选择大吃一顿，她一个人坐在火锅店，坐拥一盘又一盘的鸭肠毛肚，不过在易维辰打来电话时，她还是什么都没说。

听说她正在吃火锅，易维辰忍不住笑了：“哪有一个人吃火锅的？”

“谁让你不在？”纪然珂说完，又很快改口，“你千万别来，你这不吃那不吃，锅底也要点鸳鸯锅，太没劲了。”说着说着，原本一刻不停的筷子被放了下来，纪然珂望着不断翻腾的鸭肠毛肚，突然没了食欲。

她怎么会不想让他来呢？她只是不想让他分心罢了。

易维辰终于浪漫了一回，他向她问了火锅店的店名，接着狠狠撂下一句：“你等着！”

故事的结局当然不是即将征战大运会的易维辰连夜赶了回来，他只是给前台打了个电话，帮她结了账，还让服务员在她对面放了一个毛绒熊。

幸运的是，纪然珂生日那天，易维辰没什么事，他不用比赛也不用上课，陪着纪然珂玩了一整天。

易维辰给纪然珂准备的礼物十分不起眼，那是一个盆栽，弱弱的、小小的，像路边的野草，好像一脚就能踩死。

“这是什么？”纪然珂问。

“橘子。”易维辰说。前不久，纪然珂给易维辰带了一盒自己做的水果沙拉，两个人一边吃一边聊，忽然间，纪然珂把吐出来的橘子籽捧在手里，问易维辰要是把橘子籽埋在土里是不是能长出小橘子？

“应该吧。”易维辰表面敷衍着，其实趁她不注意把那粒橘子籽仔细收了起来。后来又买了花盆，挖了一些土，小心翼翼地把种子埋了进去。一段时间后，橘子真的长了出来，虽然只是两片小小的嫩芽。

易维辰说：“我帮你验证了，橘子籽真的可以长出来。”

没想到易维辰会把自己随口说的话放在心上，纪然珂颇为感动，她捧着盆栽，若有所思：“也不知道什么时候能结出橘子。”

“那可能要很久很久。”

“有多久？”纪然珂笑着抬起头，眼睛里溢满柔光。

易维辰贴在她的耳边，轻声说：“等小欧欧长大的时候。”

“小欧欧是谁？”纪然珂疑惑地问。

“是我们的孩子，小欧欧是我给他起的小名，欧代表字母‘O’，圆圆的像篮球。”

纪然珂很想翻白眼：“那为什么不叫篮球？”

易维辰当即说：“也可以，不过要是孩子问起来他为什么叫‘篮球’，就说是你的主意。”

“……”

纪然珂生日那天刚好也是某个当红明星的生日，两人出去吃饭时在地铁站看到粉丝的应援广告，纪然珂惊奇道：“哇！他和我是同一天生日！”

易维辰一脸的不以为然：“那有什么，我和你同一天结婚。”

07

易维辰会说到结婚，是因为他快毕业了。

纪然珂知道，每个热爱篮球运动的人都有一个职业篮球梦，古岩鸣是这样，宋乾坤是这样，易维辰也是这样。

可现实是残酷的，大学生球员无论是训练强度还是联赛水平和真正的职业联赛都相去甚远，对于大学生球员来说，摆在他们面前的只有两条路，一是保送研究生，继续为母校打比赛，二是就此毕业和其他大学生一样找一份普通的工作。

宋乾坤就选择了后者，好在他因为篮球打得好，找工作时也没费什么劲儿，顺利被一家上市企业看中，特招他入公司为公司打一些业余比赛。

易维辰放不下篮球，就在他即将选择前者的时候，一封邀请函摆在了他的面前。

原来一支职业队的老板看了他在大运会的比赛，印象深刻，愿意给他一个加入职业篮球队的机会。

所有人都在替易维辰高兴，唯独他自己高兴不起来。因为他这一去，他和纪然珂偶尔的异地恋就要变为彻底的异地恋了。

离开前，易维辰带着纪然珂走遍了城市的大街小巷，他们去常去的餐厅吃饭，去常去的电影院看电影，又去学校图书馆前合影。对于即将开启的异地恋，两人十分默契的什么都没有提。

一直到易维辰离开前，纪然珂才说怕自己太伤心，就不送他去机场了。

易维辰也觉得这样比较好，他送她到宿舍楼下，再默默离开，就像以前那些平淡无奇的日子一样。

纪然珂怎么可能让易维辰就这样走掉呢？

等易维辰离开后，纪然珂也去了机场，她偷偷买了那个航班的机票，上飞机后又悄悄坐在易维辰身边。

原本想给他一个惊喜的纪然珂发现易维辰自始至终闭着眼皱着眉，好像很难受的样子。她摇了摇他的手臂，问他怎么了。

刚看到纪然珂，易维辰几乎不敢相信，过了一阵后，他淡淡地吐出两个字："晕机。"

"晕机？"纪然珂忍不住笑出来。印象中的易维辰无所不能无坚不摧，他聪明勇敢，颇有领袖气质，好像根本没有弱点，没想到他竟然晕机。

易维辰不悦地反问："有什么好笑的？"

"好好好，不笑了，你睡着就不晕了。"纪然珂把他的头靠在自己肩上，轻轻唱着摇篮曲。她才唱了两句，易维辰又睁开眼，一动不动地看着她。

"怎么了？"纪然珂问。

易维辰看了她一会儿，不疾不徐地说了一句："纪然珂，没想到你真的五音不全。"

08

易维辰入选职业队的事情引起了不小的轰动，职业队的粉丝们纷纷涌入社交媒体询问易维辰的情况，各种帖子层出不穷。这些人中，有人看好易维辰，有人不看好易维辰，两拨人吵得不可开交。

有人说："有一届大学生篮球联赛在师范大学打的，现场很多女生去看，易维辰的水平很一般。"

又有人说："楼上的，你有看比赛吗？不能因为人家长得帅就否定实力吧？"

另一人也说："我一开始也以为是偶像派，没想到刚上场就是一个扣篮，不服不行。"

纪然珂看完后，写下自己的留言："他确实很厉害，当年上高中的时候六十秒独得十分完成绝杀，网上应该还有视频，等我找找。"

说易维辰"水平很一般"的网友不乐意了，他很快回复道："怎么回事？易维辰是不是买水军了？收拾收拾准备出道吧！”

纪然珂生气了，这人怎么这样，随便说别人是水军。她视频也不找了，噼里啪啦打下一串字发了出去：“我不是易维辰的水军，我是易维辰的老婆！”

在粉丝圈子里，“老婆”“老公”“女友”“男友”这种词太常见了，对方也没当回事，但是不知道怎么，这个帖子竟然被易维辰看到了。

他指着屏幕问她：“这个是你吧？”

纪然珂看着那个和微信上一模一样的网名，想抵赖都无从下口。不过她很快想到另一个问题：“喂，你怎么会看到这个帖子，哦，你没事就搜索自己的名字，对不对？”

这次，换易维辰脸红了。

纪然珂不可抑制地笑起来，以前都是看他板着脸教训别人，没想到他脸红的样子还挺可爱的。

纪然珂一直在等易维辰给那些不看好他的人一个狠狠的回击，就像当初在礼贤中学成立篮球队并进入决赛，就像他身为大学生球员却成功入选职业队一样。

可现实却是那样残酷。

新赛季开始，易维辰一直在替补席上坐着，根本没有上场的机会，更别说向所有人证明自己，因为在人才济济的职业篮球队里，易维辰只是一个微不足道的新人。

当初那些关注过、质疑过易维辰的网友已经如潮水一般退去了，一些人已经将他遗忘，一些人偶尔会发个帖子：“易维辰是不是被球

队裁了？”

每当这个时候，纪然珂都会跳出来回帖：“没有！没有！没有！”

春去秋来，易维辰还是没有机会上场，纪然珂则要开始准备考研了。

不管学业有多忙，纪然珂还是会抽出时间关注易维辰所在球队的比赛。

那天，当电脑里传出易维辰即将上场的消息时，纪然珂还不敢相信，因为在赛前的电话里，易维辰并没有提到他会上场。事后证明，这确实是教练的临时决定，不过这个决定却促成了一个传奇。

易维辰上场 25 分钟，三分球八投七中，还有两个两分球入账，狂砍 25 分。要知道很多篮球运动员的职业生涯最高分很可能也就是这个数字，而易维辰仅仅在首秀上便取得了别人足以铭记一生的成绩。

易维辰一战成名。

论坛里再次热闹起来，纪然珂却顾不上看帖子。

比赛结束后，纪然珂就迫不及待给易维辰打了电话，连声说：“恭喜恭喜！”

易维辰难得笑了一下，说：“我知道你在看。”

09

在那之后，关注易维辰的人多了起来，各种采访接踵而至，然而媒体提到易维辰时，说得最多的词是“遗憾”。

大家都说易维辰被耽误了，如果他能在高一那次机遇中跟随职业队教练进入职业队，几年下来，他一定在国内篮坛有了一番成就，而不是像现在这样，在运动员的黄金年龄里还是一个替补。

面对这些声音，易维辰总是云淡风轻地说，他并不后悔，高二转学到礼贤中学的那段经历是他今生最美的“遇见”。

至于这个“遇见”指的是什么，不管那些人如何追问，易维辰就是闭口不谈。

参加完研究生考试后，纪然珂马不停蹄赶到机场，下飞机后，又打车去了体育馆。因为航班延误,纪然珂比预定的时间晚到了一些，她在人群中一眼看到易维辰，慌慌张张地问：“票呢？票呢？”

易维辰想也没想:“你要什么票，你是家属。”说着便拉起她的手，从另外一个门进了体育馆。

纪然珂的心里说不出的忐忑，好像这里并不是她能走的路，然而事实是，她一路畅通无阻，还直接坐在球队替补席后面的看台上。

半年后，在双方父母的见证下，纪然珂真正成为易维辰的家属。消息传出，易维辰再一次成为社交媒体上被众人讨论的对象。有记者把两人高中时的事情挖了出来，一时间引来无数艳羡的目光。

“从校服到婚纱，好浪漫啊！是不是从那个时候就有苗头了？”

“那个号称是易维辰老婆的网友去哪儿了？现在人家结婚了，她怎么不出来了？”

“脱粉了吧，哈哈哈……”

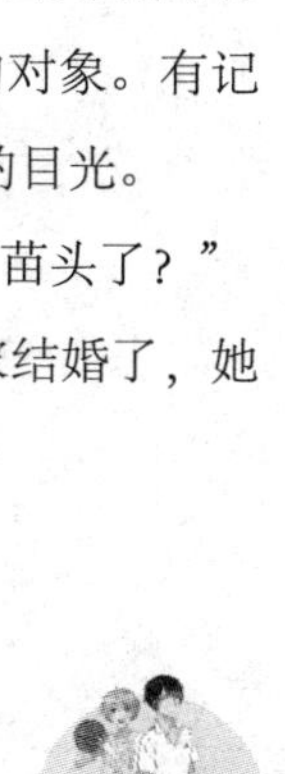

纪然珂拿着手机指给易维辰看："他们说我脱粉了。"

易维辰挑眉："你脱了吗？"

"脱了！"纪然珂大声回答。

灯光熄灭，易维辰唱了一首歌，在纪然珂的梦里，那首歌的歌词循环往复，直戳心窝——

"永远，就是余生都是我和你……"